KB197401

초등학생을 위한 세계 명작 59

사랑의 가족

원작 아그네스 자퍼
글 양태석 | 그림 조성경

은하수 미디어
EUNHASOOMEDIA

주인공 소개
패플링 씨는 음악 교사예요. 학교에서 받는 적은 월급으로는
일곱 명의 아이들을 뒷바라지하기가 힘들지만,
패플링 부부는 검소하게 생활하며 아이들을 잘 돌보아요.
패플링 씨
음악 학교 선생님이에요.
정직하고 책임감이 강해요.
패플링 부인
가난하고 힘든 생활 속에서도
언제나 남편을 믿어 주어요.

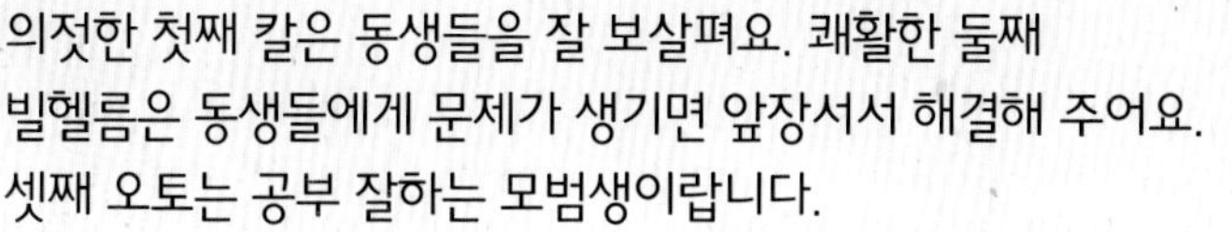

의젓한 첫째 칼은 동생들을 잘 보살펴요. 쾌활한 둘째 빌헬름은 동생들에게 문제가 생기면 앞장서서 해결해 주어요. 셋째 오토는 공부 잘하는 모범생이랍니다.

이야기 소개
이제부터 이야기를 소개할게요.

빌헬름
둘째 아들로
쾌활하고 장난꾸러기예요.

칼
패플링 가족의 첫째 아들로
의젓하고 든든해요.

오토
셋째 아들로
공부를 잘하는 모범생이에요.

주인공
소개
쌍둥이인 마리와 안네는 상냥하고 친절하며 따뜻한
마음을 가지고 있어요. 여섯째 플리더는 누구나 인정하는
꼬마 음악가로 악기 연주에 뛰어난 재능을 보이지요.
마리와 안네
넷째와 다섯째로 늘
꼭 붙어 다니는 쌍둥이 자매예요.
플리더
여섯째로 수줍음이 많지만
악기 연주를 잘해요.

막내 엘제는 온 가족의 귀염둥이예요. 가정부인 발부르크 아줌마는 힘도 세고 성실해서 패플링 가족을 잘 도와주어요. 집주인인 할트비히 씨 부부는 무뚝뚝하지만 인정이 많아요.
발부르크 아줌마
귀가 어두워 잘 듣지 못하지만 맡은 일을 묵묵히 해내요.
할트비히 씨
패플링 가족이 세 들어 사는 이층집의 주인으로 무뚝뚝해요.
엘제
패플링 가족의 막내딸로 애교가 많고 사랑스러워요.
할트비히 부인
할트비히 씨의 아내예요. 패플링 가족에게 인정을 베풀어요.

줄거리 소개

넉넉하지 못한 살림살이

새 학기가 되자 아이들은 패플링 부부에게 학용품과 참고서를 사 달라고 졸랐어요. 늘 돈이 부족한 패플링 부부는 어떻게 해결해야 할지 고민에 빠졌어요.

2 밤하늘을 수놓은 별똥별

칼과 빌헬름, 오토는 깊은 밤에 몰래 밖으로 나가 밤하늘의 별똥별 무리를 구경하고 감동했어요. 하지만 살금살금 집에 들어오다가 주인집 아저씨에게 들켜 야단을 맞았어요.

3 눈싸움과 전나무 사건

빌헬름은 눈싸움을 하다가 생긴 오해로 경찰서에 불려 가고, 플리더는 전나무 배달을 하다가 곤경에 빠졌어요. 하지만 패플링 가족은 힘을 모아 두 사건을 지혜롭게 헤쳐 나갔어요.

4 행복한 패플링 가족

패플링 씨는 큰 도시에 새로 생기는 음악 학교의 교장으로 임명되었어요. 그 소식을 들은 가족들은 펄쩍펄쩍 뛰며 기뻐했지요. 패플링 가족은 행복에 겨워 다 함께 노래를 불렀어요.

더 알아 볼까요?

아그네스 자퍼가 쓴 《사랑의 가족》은 어려움 속에서도 서로 사랑하고 돕는 가족의 이야기예요. 소중한 가족의 의미를 일깨우는 이 책의 작가와 내용에 관해 알아볼까요?

아그네스 자퍼

아그네스 자퍼는 20세기 초반 독일에서 가장 성공한 아동 문학가예요. 《사랑의 가족》은 자퍼의 대표작이라고 할 수 있지요. 《사랑의 가족》은 1907년에 출간되었지만, 지금까지도 전 세계 언어로 널리 번역되어 어린이들의 사랑을 받고 있어요.

AGNES SAPPER
Die Familie Pfäffling

《사랑의 가족》 원서 표지

자퍼는 《사랑의 가족》을 출간한 후에 유명한 작가가 되었어요. 《사랑의 가족》 초판본은 무려 90만 부나 팔렸다고 해요. 자퍼는 교회에서 주일 학교 교사로 일한 경험을 살려 《1학년 시절》, 《그레첸 라인발트의 마지막 학년》과 같이 학교가 배경인 동화를 많이 발표했어요.

아그네스 자퍼 거리

독일 뷔르츠부르크에는 아그네스 자퍼 거리가 있어요. 환자들이 살기에 편안한 주택이 늘어선 거리에 작가의 이름을 붙인 거예요. 모든 사람의 평등과 권리를 추구한 작가를 기념하는 뜻에서 붙인 이름이라 더욱 뜻깊다고 할 수 있지요. 자퍼는 《사랑의 가족》을 출판해 벌어들인 돈을 은퇴자를 위한 주택을 짓는 데 기부한 적도 있다고 해요.

아그네스 자퍼가 살았던 뷔르츠부르크

뷔르츠부르크는 독일 바이에른주의 소도시로 약 13만 명의 인구가 살고 있어요. 대도시인 프랑크푸르트가 가까이 있지요. 백포도주로 만든 와인으로 유명해요. 아그네스 자퍼는 남편이 죽은 뒤 아이들을 데리고 뷔르츠부르크로 이사 왔어요. 이후 여러 작품을 발표했는데 《사랑의 가족》도 이곳에서 쓴 작품이랍니다.

아그네스 자퍼 묘지

아그네스 자퍼의 묘지는 독일 뷔르츠부르크에 있어요.
자퍼는 1852년 4월 12일에 태어나 1929년 3월 19일에 77세의 나이로 세상을 떠났어요.

차례

1 패플링 씨네 가족

독일 남부의 작은 마을에 낡은 이층집이 있었어요. 가구를 만드는 목수 할트비히 씨의 집이었는데, 이층에는 음악 학교 선생님인 패플링 씨 가족이 세 들어 살았어요. 패플링 씨 부부에게는 자녀가 일곱 명이나 있었어요.

패플링 씨네 일곱 남매는 서로 사이가 좋았어요. 첫째인 칼과 둘째인 빌헬름, 셋째인 오토는 고등학교에 다녔고, 쌍둥이 자매인 마리와 안네는 여학교에 다녔어요.

여섯째인 플리더는 초등학교에 다녔고, 막내딸인 엘제는 아직 학교에 다니지 않았어요.

칼은 의젓하게 동생들을 잘 돌보았어요. 빌헬름은 쾌활한 장난꾸러기였고, 오토는 공부를 잘하는 우등생이었어요. 쌍둥이인 마리와 안네는 늘 붙어 다녔고, 플리더는 누구나 인정하는 꼬마 음악가였어요. 막내인 엘제는 애교가 많고 사랑스러웠지요.

여름 방학이 끝나고 드디어 새 학기가 시작되었어요. 키가 큰 패플링 씨가 음악 학교로 출근하려고 집을 나섰어요. 여섯 명의 아이들도 학교에 가려고 우르르 집을 나섰지요.

이제 집에 남은 사람은 패플링 부인과 막내 엘제, 가정부인 발부르크 아줌마뿐이었어요. 엘제는 오빠들과 언니들이 모두 학교에 가고 나면 무척 심심했어요. 그래서 다들 돌아오기만을 손꼽아 기다렸지요.

아래층에 사는 집주인 할트비히 부부는 시끄러운 것을 싫어했어요. 오늘 아침에도 아이들이 우당탕 계단을 뛰어 내려오는 소리가 들리자 두 사람은 인상을 잔뜩 찌푸렸어요.

"패플링 씨 가족이 이사 온 뒤로 계단 가운데가 다 닳았지 뭐예요. 앞으로는 뛰어다니지 말라고 주의를 줘야겠어요."

할트비히 부인의 말에 할트비히 씨도 고개를 끄덕였어요.

"나도 그렇게 심할 줄은 몰랐는데, 아이들이 많으니 문제가 많군. 그래도 집을 비워 달라고 할 수는 없지 않소?"

"당연하죠. 그런 말을 어떻게 하겠어요. 그래도 뭐라고 한마디는 해야겠어요."

그날 점심시간이 되자 패플링 씨와 아이들이 점심을 먹으러 집으로 돌아왔어요.

패플링 씨가 먼저 이층으로 올라가고 아이들이 뒤따라 막 계단을 오르려는데, 할트비히 부인이 불러 세웠어요.

"애들아, 너희들에게 보여 줄 게 있다."

아이들은 평소 아버지에게 배운 대로 모자를 벗고 할트비히 부인에게 공손히 인사했어요. 할트비히 부인이 계단을 손가락으로 가리키며 말했어요.

"너희들이 하도 오르락내리락해서 이 계단이 다 닳아 버렸단다. 그러니 앞으로는 계단을 오르내릴 때 좀 조심하렴. 알겠니?"

아이들은 아무 말도 못 하고 고개를 숙인 채 서 있었어요.

"아주머니, 죄송해요. 앞으로 주의할게요."

칼이 먼저 사과하자 동생들도 죄송하다며 고개를 숙였어요. 할트비히 부인이 집으로 들어간 후에 아이들은 조심조심 계단을 올라갔어요.

이층에서는 패플링 부인과 발부르크 아줌마가 점심을 준비하고 있었어요. 모두 식탁에 둘러앉자 패플링 부인이 기도를 시작했어요.

"주님, 오늘도 저희들에게 맛난 음식을 주셔서 감사합니다."

아이들은 식사를 하면서 패플링 부부에게 이것저것 사 달라고 졸랐어요. 학기 초라서 사야 할 것이 많았기 때문이에요. 패플링 부부는 난처한 표정으로 겨우 식사를 마쳤어요.

식사를 마친 패플링 씨는 도망치듯 음악실로 건너갔어요. 음악실은 패플링 씨가 학생들을 가르치는 곳이었어요.

패플링 씨가 악보를 보고 있는데 칼과 빌헬름, 오토가 우르르 들어와 새 학기에 필요한 준비물을 사야 한다고 말했어요. 패플링 씨가 고개를 끄덕였어요.

"그래, 공책도 필요하고 참고서도 필요하겠지. 또 학용품도 사야 할 거야. 하지만 지금은 돈이 별로 없으니 꼭 필요한 것만 사자꾸나."

패플링 씨는 서랍 속 돈을 전부 보여 주었어요.

칼과 빌헬름, 오토는 꼭 필요한 것만 사기로 하고 돈을 조금씩 받았어요. 점심을 먹은 아이들이 학교로 돌아가자 패플링 부부는 이야기를 나누었어요.

"여보, 돈을 모아 두는 서랍이 텅텅 비었소. 작년에 개인 교습을 받던 학생들은 다 그만두었고, 음악 학교의 월급도 많지 않으니 아이들을 어떻게 키워야 할지 모르겠소."

패플링 부인이 남편을 위로했어요.

"너무 걱정하지 마세요. 올해도 새로운 개인 교습 학생이 생길 거예요."

그때 마당 한쪽에서 아코디언 소리가 들려왔어요. 패플링 부인은 깜짝 놀라 창문을 열고 소리쳤어요.

"플리더, 오늘 오후에 학교 수업이 없니?"

그 순간 아코디언 소리가 그치더니 곧 플리더가 헐레벌떡 뛰어 들어왔어요.

“이 녀석! 아코디언에 정신이 팔려 학교에 가는 것도 잊어버린 거냐! 그럴 거면 앞으로는 아코디언을 연주하지 않는 게 좋겠다!”

패플링 씨가 버럭 화를 내며 플리더에게서 아코디언을 빼앗았어요. 플리더는 아버지가 뭐라고 하든 말든 허겁지겁 계단을 뛰어 내려갔어요. 계단을 중간쯤 내려가던 플리더가 걱정스럽게 패플링 부인을 돌아보았어요.

“엄마, 늦었다고 선생님께 혼나면 어떡하죠?”

패플링 부인이 말했어요.

“너무 걱정하지 마. 잘못했다고 솔직하게 말씀드리고 용서를 빌어. 알았지?”

플리더는 고개를 끄덕이고는 잽싸게 달려 나갔어요. 패플링 씨는 아들의 아코디언을 내려다보며 중얼거렸어요.

"참 많이 낡았군. 오랫동안 연주했으니 이제 고장이 날 때도 되었지. 플리더는 음악에 재능이 있어. 그래도 학교 수업을 까먹으면 안 되지!"

패플링 씨는 아코디언을 벽장 깊숙한 곳에 넣어 두었어요.

그날 저녁, 플리더는 풀이 죽은 모습으로 늦게 돌아왔어요. 형들과 누나들도 이미 엘제에게 들어서 플리더가 학교에 늦게 간 걸 알고 있었어요.

마리가 플리더에게 물었어요.

"선생님께 혼났니?"

플리더가 고개를 끄덕였어요.

"수업이 끝나고 선생님께 불려 가 꾸중을 들었어."

둘째인 빌헬름이 말했어요.

"그럴 때는 핑계를 대. 우리 반에도 지각한 애가 있었는데, 아프다고 했더니 안 혼났어."

그러자 패플링 씨가 피아노를 치다가 벌떡 일어나 소리쳤어요.

"그 녀석은 거짓말쟁이구나! 거짓말은 절대 안 된다!"

패플링 씨는 플리더 곁으로 다가갔어요.

"플리더, 거짓말을 하기보다는 선생님께 솔직히 말씀드리고 꾸중을 듣는 게 더 낫단다. 선생님께 혼났으니 아빠는 그만 용서해 주마."

패플링 씨는 벽장에 넣어 두었던 아코디언을 플리더에게 돌려주었어요. 그때 옆방에서 패플링 부인이 다급하게 나오더니 말했어요.

"손님이 왔나 봐요. 얘들아, 너희들은 저 초인종 소리가 들리지 않니?"

오토가 얼른 뛰어나갔다가 돌아와 말했어요.

"어떤 점잖은 아주머니와 아가씨가 찾아왔는데, 아버지에게 개인 교습을 받겠대요."

패플링 씨가 급히 나가서 손님을 음악실로 안내했어요.

아이들은 초인종 소리를 못 들어 아버지의 교습생을 놓칠 뻔하자, 발부르크 아줌마에 대해 이러쿵저러쿵 떠들었어요.

"아줌마가 소리를 잘 못 들어서 문제야."

"맞아, 아줌마는 초인종 소리도 못 들어."

아이들의 말에 패플링 부인이 발끈했어요.

"그런 소리는 하는 게 아니야! 발부르크 아줌마는 잘 듣지는 못해도 일은 잘하지 않니. 게다가 귀가 어두워서 다른 사람이 받는 월급의 반만 받고 일하고 있단다. 그러니 절대 그런 말은 하지 마."

아이들은 곧 입을 다물었어요. 발부르크 아줌마가 간식 접시를 들고 방으로 들어왔기 때문이었어요.

발부르크 아줌마는 몸집이 크고 힘도 세서 일을 아주 잘했어요. 그런데 몇 년 전부터 귀가 어두워져 어려움을 겪었어요. 패플링 씨 집에서 일한 지도 벌써 3년이나 되었지요.

아이들은 간식을 먹은 후에 발부르크 아줌마를 도와 함께 그릇을 치웠어요. 그러자 발부르크 아줌마가 빙그레 웃었어요.

그때 패플링 씨가 손님들과 함께 음악실에서 나왔어요. 손님들이 떠나자 패플링 씨가 말했어요.

"방금 왔던 아가씨가 피아노 교습을 받기로 했단다. 이름은 페르나게르딩 양이야. 일주일에 두 번 오기로 했고, 교습비는 미리 받았단다."

패플링 씨는 밝게 웃으며 아내에게 돈을 건넸어요.

"정말 잘됐어요. 돈 쓸 곳이 많아 걱정이었는데……."

패플링 부인이 환한 표정으로 말했어요. 패플링 가족은 한마음으로 기뻐했어요.

2 아름다운 별똥별 무리

쌀쌀한 11월의 어느 저녁이었어요. 패플링 씨가 학교에서 돌아와 급히 패플링 부인을 찾았어요. 패플링 씨는 편지 한 장을 들고 있었어요.

"여보, 이 편지를 좀 봐요! 내 친구인 크라우스 올트가 보냈다오. 아직 결정된 건 아니지만 말슈타트에 음악 학교를 짓게 되면 나를 교장으로 추천하겠다는군. 말슈타트 같은 큰 도시의 음악 학교에서 교장을 맡게 되면 아마 월급도 꽤 많을 거요."

"와, 정말 잘됐네요!"

두 사람은 시간이 가는 줄도 모르고 음악 학교에 관해 이런저런 이야기를 나누었어요.

패플링 씨에게 편지를 보낸 크라우스 올트 씨는 패플링 씨와 오래전부터 알고 지낸 친구였어요. 크라우스 올트 씨는 이 일을 의논하려고 다음 주 수요일에 패플링 씨 집에 오기로 했어요.

패플링 씨가 아내에게 말했어요.

"여보, 그 친구는 고집이 세고 아직 결혼을 하지 않았다오. 그래서 우리 집처럼 시끄러운 분위기를 좋아하지 않을 것 같아 걱정되는군."

"그런 걱정은 말아요. 내가 잘 알아서 할게요."

다음 날, 패플링 부인은 아이들을 한자리에 불러 놓고 말했어요.

"애들아, 다음 주 수요일에 아버지 친구가 중요한 일로 집에 오실 거야. 그분은 아이들이 시끄럽게 떠드는 걸 좋아하지 않는다고 하더구나. 그러니 그날 손님이 오시면 너희는 잠시 밖에 나가서 노는 게 좋겠다."

아이들은 알겠다며 고개를 끄덕였어요.

마침내 수요일이 되어 크라우스 올트 씨가 집으로 찾아왔어요. 아이들은 창가에 서 있다가, 키가 작고 뚱뚱한 아저씨가 아버지와 함께 집으로 다가오자 급히 집 밖으로 나갔어요.

아이들은 집 뒤쪽의 공터로 갔어요. 그런데 빗물 때문인지 공터의 흙이 무척 질척거렸어요. 엘제는 미끄러운 흙을 밟고 넘어져 옷이 흙투성이가 되고 말았어요. 엘제가 앙앙 울어 대자 마리와 안네가 달래 주었어요. 울음소리를 듣고 할트비히 부인이 창밖으로 고개를 내밀었어요.

"날도 추운데 왜 다들 나와 있니?"

마리가 대답했어요.

"집에 중요한 손님이 오셔서 잠깐 밖에 나와 있는 거예요."

"그럼 우리 집에 들어와 있으렴. 신발은 잘 털고 들어와야 한다."

마리가 엘제를 데리고 주인집으로 들어갔어요.

그런데 잠시 후에 눈이 섞인 차가운 비가 내리기 시작했어요.

"어휴, 추워. 아무래도 안 되겠다."

칼은 동생들을 데리고 살금살금 이층으로 올라갔어요. 주인집에 있던 마리와 엘제도 뒤따라왔어요.

"손님은 거실에 계시니까 몰래 음악실로 들어가자."

칼은 동생들과 조심조심 음악실로 들어갔어요. 시간이 한참 흘렀는데도, 손님은 여전히 거실에서 아버지와 이야기를 주고받았어요.

지루해진 아이들은 팔씨름을 했어요. 그런 다음에는 빌헬름과 오토가 레슬링을 시작했어요. 플리더도 끼어들었어요.

"큰 소리가 안 나게 조심해."

칼이 동생들에게 주의를 주었어요.

세 아이가 엎치락뒤치락 레슬링을 하는데 갑자기 음악실 문이 벌컥 열렸어요. 아이들은 깜짝 놀라 뒤를 돌아보았어요. 패플링 씨와 손님이 놀란 얼굴로 내려다보고 있었어요.

"밖에서 노는 줄 알았는데 언제 들어왔니?"

패플링 씨가 묻자 칼이 대답했어요.

"죄송해요. 비가 오고 날이 추워서 조금 일찍 들어왔어요."

칼은 동생들이 넘어뜨린 의자를 재빨리 바로 세웠어요.

패플링 씨는 말없이 피아노 앞으로 가서 연주를 시작했어요. 손님에게 자신의 연주 실력을 보여 주려는 것이었어요.

패플링 씨의 연주는 역시 훌륭했어요. 아이들은 피아노 소리에 맞춰 가만히 노래를 불렀어요. 패플링 씨의 피아노 소리와 아이들의 맑고 고운 노랫소리가 감미롭게 이어졌어요.

연주가 끝나자 크라우스 올트 씨가 활짝 웃으며 말했어요.

"피아노 연주도 훌륭하지만, 아이들의 노랫소리도 정말 아름답군요."

크라우스 올트 씨는 진심으로 감동한 듯 짝짝 손뼉을 쳤어요.

얼마 후 패플링 씨가 크라우스 올트 씨를 기차역까지 배웅하고 돌아왔어요.

아이들이 야단을 맞을까 봐 걱정하는데, 패플링 씨가 너털웃음을 터뜨리며 아내에게 말했어요.

"여보, 앞으로는 남에게 우리 가족 모습을 있는 그대로 보여 줍시다. 억지로 꾸며서 보여 주려 하면 금세 티가 나니까 말이오. 안 그렇소?"

"맞는 말이에요. 우리처럼 식구가 많으면 어쩔 수 없죠. 그냥 있는 그대로 살아요."

아이들은 즐겁게 저녁을 먹고 잠들었어요.

하지만 첫째인 칼은 패플링 씨 옆에서 늦도록 책을 읽었어요. 열다섯 살부터는 늦게 자도 괜찮다는 허락을 받았기 때문이었지요.

패플링 씨는 칼에게 음악 학교 교장으로 추천 받은 이야기를 들려주었어요.

"와, 정말 기쁜 소식이네요!"

칼이 기뻐하자 패플링 씨가 미소 지으며 말했어요.

"아직 확실히 결정된 것은 아니니까 동생들에게는 말하지 말아라."

칼은 그러겠다고 약속했어요.

다음 일요일에 패플링 씨는 혼자 말슈타트로 떠났어요. 음악 학교 교장을 결정하는 사람들을 만나기 위해서였지요. 패플링 씨는 조금 걱정이 되었지만 많은 사람들을 만나며 점차 자신감이 생겼어요.

그곳 사람들도 점잖은 패플링 씨에게 호감을 가졌어요.

패플링 씨가 말슈타트에 다녀온 뒤 지역 신문에 패플링 씨에 대한 기사가 실렸어요. 그래서 말슈타트에 음악 학교가 새로 생기면 패플링 씨가 교장이 될 거라는 사실을 다들 알게 되었어요. 할트비히 부부는 물론, 아이들과 발부르크 아줌마까지 알게 되었지요.

패플링 씨 가족은 결과가 나오는 목요일을 손꼽아 기다렸어요. 마침내 목요일이 되자 가족들은 전부 초조해졌어요.

"왜 편지가 오지 않는 거지?"

"조금만 기다리면 올 거야."

패플링 부부보다 아이들이 더 기다리는 것 같았어요. 점심 식사를 마쳤을 때 드디어 편지가 왔어요. 패플링 씨는 재빨리 봉투를 뜯어 보았어요.

그런데 좋지 않은 소식이었는지 패플링 씨의 얼굴이 딱딱하게 굳어졌어요.

“여보, 음악 학교를 세우는 일이 2, 3년 뒤로 늦춰졌다고 하오.”

패플링 씨는 침착하게 말했지만 속으로는 몹시 실망했어요.

“여보, 더 좋은 기회가 올 거예요.”

아내의 위로에도 패플링 씨는 아무 말 없이 음악실로 들어갔어요. 아이들도 다들 실망하기는 마찬가지였어요.

"애들아, 너희가 힘을 내면 아버지도 기분이 나아지실 거야. 그러니 너무 실망하지 말자."

아이들은 패플링 부인의 말에 가만히 고개를 끄덕였어요.

잠시 후 패플링 부인은 음악실로 건너갔어요. 그러자 패플링 씨가 악보 한 장을 보여 주며 힘 빠진 목소리로 말했어요.

"좋은 소식이 오면 당신에게 들려주려고 노래를 한 곡 만들었소. 하지만 이제 아무 소용도 없어졌군."

패플링 부인이 말했어요.

"고마워요, 여보. 그동안 잘해 왔으니까 앞으로도 잘될 거예요."

"내가 너무 실망한 모습을 보였군. 미안하오."

바로 그때 문밖에서 아이들의 목소리가 들려왔어요.

"잠깐 들어가도 될까요?"

마리와 안네, 엘제가 커피와 간식을 들고 방으로 들어왔어요.

"아빠, 이 커피 드시고 힘내세요. 커피는 저희가 용돈을 모아서 산 거예요."

아이들은 커피와 간식을 내려놓고는 서둘러 방을 나갔어요.

패플링 씨는 원래 커피 마시기를 좋아했어요. 하지만 살림이 어려워져 평소에는 거의 마시지 않고 특별한 날에만 마셨어요.

오늘이 특별한 날은 아니었지만 패플링 부부는 흐뭇한 마음으로 커피를 마셨어요. 김이 모락모락 나는 커피를 마시고 나니, 패플링 씨의 우울한 기분도 스르르 풀어졌지요.

11월 마지막 토요일에 패플링 씨 가족은 대청소를 했어요. 청소가 끝나자 칼과 빌헬름, 오토는 마당으로 나가 뛰어놀았어요.

그때 할트비히 씨의 가구 공장에서 일하다가 군대에 간 렌볼트라는 청년이 터벅터벅 아이들에게 다가왔어요.

“애들아, 오랜만이다. 이리 와서 좀 앉아 보렴.”

렌볼트는 칼과 빌헬름, 오토를 앉혀 놓고 이야기를 시작했어요.

“추운 겨울밤에 보초를 서다가 정말 멋진 광경을 보았단다. 바람이 세차게 불어 몸이 꽁꽁 얼 정도였지만, 한밤중에는 바람이 잦아들고 하늘의 구름도 사라져 버렸지. 그런데 바로 그때 별 하나가 꼬리를

빛내며 아름답게 떨어지지 않겠어? 그 뒤로도 계속 이어서 별이 떨어졌단다. 마치 불꽃놀이를 하는 것 같았지. 정말 환상적인 별똥별 무리였어!"

"와! 나도 한번 봤으면!"

빌헬름이 감탄하며 소리쳤어요.

"원래 11월 이맘때쯤에는 별똥별 무리가 많이 나타난대. 별똥별을 유성이라고 하는데, 몇 년에 한 번씩 많이 나타나지. 올해가 바로 그런 해란다. 오늘 밤에 너희도 한번 구경해 봐. 정말 멋지다니까!"

렌볼트의 말을 들은 칼과 빌헬름, 오토는 별똥별을 직접 보고 싶었어요.

"우리도 오늘 밤에 별똥별 무리를 보자."

아이들은 집으로 들어가 부모님께 밤에 별똥별을 보게 허락해 달라고 말했어요.

"밤중에 계단을 오르내리면 할트비히 씨 부부가 싫

어할 거야."

패플링 부인은 고개를 설레설레 저었어요. 그러자 오토가 말했어요.

"소리 내지 않고 조용히 내려가면 되잖아요."

그때 곁에 있던 엘제가 패플링 부인의 목소리를 흉내 내며 말했어요.

"그럼 고양이처럼 조심조심 다녀오렴. 알겠지?"

온 가족이 한바탕 웃음을 터뜨렸어요. 그 바람에 패플링 부부도 어쩔 수 없이 허락해 주었지요.

깊은 밤이 되자 하늘은 유리알처럼 맑아졌고, 수많은 별이 반짝반짝 빛났어요. 마리와 안네가 춥다며 스카프를 둘러 주었어요. 칼과 빌헬름, 오토는 조심조심 밖으로 나갔어요.

삼 형제는 밤하늘을 올려다보았어요.

"와, 저기 좀 봐!"

칼이 동쪽 하늘을 가리키며 소리쳤어요. 빌헬름과 오토도 하늘을 올려다보았어요. 별똥별 하나가 긴 꼬리를 달고 아름답게 떨어지고 있었어요. 이어서 여러 개의 별똥별이 긴 꼬리를 늘어뜨리며 동시에 떨어져 내렸어요.

"와, 정말 멋지다!"

아이들은 별똥별이 떨어질 때마다 소리를 지르며 기뻐했어요. 한동안 시간이 지나자 구름이 많아지고 바람이 불며 슬슬 추워졌어요.

"이제 그만 집에 들어가야겠다."

아이들은 어깨를 푸르르 떨며 집으로 향했어요. 그런데 이게 웬일인가요.

"앗, 문이 잠겼어!"

아무리 힘을 줘도 문은 꼼짝도 하지 않았어요. 할트비히 부인이 잠근 것 같았어요.

삼 형제는 마리와 안네의 방 아래쪽으로 가서 작게 소리쳤어요.

"마리! 안네!"

아무리 불러도 대답이 없었어요. 아이들이 목소리를 조금 더 높이자 창문이 드르륵 열렸어요.

"이렇게 깊은 밤에 시끄럽게 구는 게 누구냐? 위층 집 아이들이냐?"

할트비히 씨의 목소리였어요.

"저…… 칼과 빌헬름, 오토예요."

칼이 머뭇거리다가 고개를 숙인 채로 대답했어요.

"이렇게 추운 밤에 어딜 다녀오는 거냐?"

"죄송해요. 별똥별 무리를 보고 왔어요."

"뭐, 별똥별 무리? 이 못된 녀석들, 나쁜 무리와 어울리다가 온 거로구나!"

할트비히 씨가 화를 버럭 내며 문을 열었어요.

"이 늦은 밤에 돌아다니다니! 정말 이해를 못 하겠구나! 어서 이층으로 올라가거라. 그리고 내일 너희 아버지께 말씀드려라. 1월 1일까지 집을 비워 달라고 말이다!"

할트비히 씨는 곧바로 문을 쾅 닫고 들어갔어요.

삼 형제는 어깨를 축 늘어뜨리고 이층으로 올라갔어요.

빌헬름과 오토는 피곤했는지 방으로 들어가자마자 잠이 들었어요.

하지만 칼은 걱정이 되어 잠이 오지 않았어요. 2년 전 식구가 많아서 집을 얻지 못해 고생했던 일이 고스란히 생각났어요. 그런데 겨우 얻은 이 집에서 자신들의 잘못으로 쫓겨나야 한다고 생각하니, 괴로워 견딜 수가 없었어요.

다음 날 아침이 되자 삼 형제는 거실로 나갔어요. 그러자 패플링 씨가 물었어요.

"그래, 별똥별은 잘 봤니? 멋있었어?"

칼이 머뭇거리다가 솔직히 말했어요.

"사실 어젯밤에 별똥별을 보고 들어오다가 주인아저씨께 늦게 다닌다고 야단을 맞았어요."

곁에 있던 패플링 부인이 깜짝 놀라 물었어요.

"저런, 잘못했다고 사과는 드렸니?"

"정신이 없어서 사과도 못 드렸어요."

패플링 씨가 물었어요.

"칼, 뭔가 할 얘기가 더 있는 것 같은데?"

"사실은 주인아저씨가 1월 1일까지 집을 비워 달라고 하셨어요."

칼은 조그맣게 말하고는 고개를 푹 숙였어요.

"설마 진심은 아니겠지. 한밤중에 잠을 깨워 화가

나서 그러셨을 거야. 다른 말씀은 없었니?"

"네."

패플링 씨는 속으로는 놀랐지만 침착한 표정을 유지했어요. 패플링 부인이 말했어요.

"알았으니 어서 밥 먹고 학교에 갈 준비를 하렴."

패플링 부인은 할트비히 씨가 그런 말을 했다는 걸 좀처럼 믿을 수 없었어요. 할트비히 부부는 엘제를 무척 예뻐했고, 쿠키를 만들면 꼭 나누어 주는 꽤 친절한 사람들이었기 때문이었어요.

같은 시간, 할트비히 부인은 남편이 아이들에게 한 말 때문에 고민하고 있었어요.

'아무래도 남편이 너무 심하게 말했어. 패플링 부인을 만나서 이야기라도 해 봐야겠다.'

할트비히 부인은 패플링 씨네와 공동으로 쓰는 다락방으로 올라갔어요.

그러고는 헛기침을 해서 신호를 보냈어요. 마음이 통했는지 잠시 후 패플링 부인이 다락방으로 올라왔어요. 할트비히 부인은 패플링 부인에게 어젯밤 아이들이 밖에 나가 무슨 일을 했는지 자세히 들었어요. 얼마 후, 두 부인은 밝은 표정으로 다락방에서 내려왔어요.

그날 오후 할트비히 부인이 남편에게 말했어요.

"여보, 별똥별 무리는 불량배 무리가 아니에요. 하늘의 별똥별을 말한 거래요. 아이들은 하늘에서 떨어지는 아름다운 별똥별을 보고 온 거라고요."

할트비히 씨는 곰곰이 생각에 잠겼어요.

그날 오후에 칼과 빌헬름, 오토가 학교에서 돌아오자 할트비히 씨가 불러 세웠어요. 삼 형제는 가슴이 뜨끔했어요. 할트비히 씨가 말했어요.

"얘들아, 어젯밤 별똥별이 얼마나 멋지게 떨어졌는지 나한테도 말해 줄 수 있니? 이야기를 들어 보고 싶구나."

할트비히 씨가 머리를 긁적이며 멋쩍게 말했어요. 그러자 칼과 빌헬름이 어젯밤에 본 유성이 얼마나 아름다웠는지 자세히 이야기했어요.

"얘들아, 정말 미안하구나. 난 너희들이 밤에 나쁜 무리와 어울려 놀고 오는 줄 알고 화를 냈단다. 별똥별을 보고 온 줄 알았으면 그렇게 화를 내지는 않았을 거다. 그리고 아버지께 이사 가지 않아도 된다고 꼭 말씀드려라. 알았지?"

"아저씨, 정말 감사합니다!"

삼 형제는 활짝 웃으며 인사하고 신나게 이층으로 올라갔어요.

3 오해를 불러온 눈싸움

12월 1일은 마침 일요일이었어요. 이날부터 크리스마스까지 4주 동안 이어지는 기간을 강림절이라고 해요. 예수님의 탄생을 기념하는 기간이지요.

이날 아이들은 거실에 모여 부모님께 드릴 크리스마스 선물로 무엇이 좋을지 의논했어요. 하지만 아무리 의논해도 결정이 나지 않았어요.

얼마 후 플리더는 아코디언을 가지고 조용히 부엌으로 갔어요. 그러고는 마치 진짜 음악가처럼 멋진 자세로 연주를 시작했어요.

아름다운 아코디언 소리가 들리자 귀가 어두운 발부르크 아줌마도 귀를 쫑긋 세웠어요. 이윽고 연주가 끝나자 발부르크 아줌마는 손가락을 치켜세우며 손뼉을 쳤어요.

"정말 멋진 연주로구나!"

발부르크 아줌마가 칭찬해 주자 플리더는 처음으로 아코디언을 학교에 가져가고 싶어졌어요.

플리더는 조르르 달려가 패플링 부인에게 말했어요.

"학교에 아코디언을 가져가서 친구들 앞에서 연주해 보고 싶어요."

"오, 플리더! 아주 좋은 생각이구나. 그렇게 하렴."

패플링 부인은 내성적인 성격의 플리더가 친구들 앞에서 연주를 하겠다고 하니, 기뻐하며 바로 허락해 주었어요.

이튿날 플리더는 아코디언을 들고 학교에 갔어요. 친구들은 수줍음이 많은 플리더가 아코디언을 들고 오자 신기해하며 어서 연주해 보라고 재촉했어요.

플리더는 쉬는 시간이 되자 아코디언을 안고 친구들 앞에 섰어요. 그러자 선생님도 호기심 가득한 눈으로 플리더를 바라보았어요.

플리더는 잘 알려진 찬송가를 몇 곡 멋지게 연주했어요.

연주가 끝나자 아이들은 부러운 눈으로 바라보며 신나게 손뼉을 쳤어요. 선생님도 잘한다며 칭찬해 주었어요.

연주가 끝나자 친구들이 플리더 곁으로 우르르 몰려들었어요.

"플리더, 나도 한번 만져 보자."

"내가 먼저 만져 볼 거야."

친구들은 아코디언을 서로 먼저 만지겠다며 잡아당겼어요. 그 바람에 아코디언이 그만 망가져 버렸어요. 아예 소리가 나지 않았지요.

“누가 내 아코디언을 망가뜨렸어?”

플리더가 눈물이 그렁그렁한 눈으로 친구들에게 소리쳤어요. 하지만 친구들은 다들 자기 잘못이 아니라고 발뺌했어요.

학교가 끝나자 플리더는 근심에 가득 차 집으로 돌아갔어요.

“제 아코디언이 고장 났어요! 어쩌면 좋아요!”

패플링 부인은 플리더를 꼭 안고 위로해 주었어요. 하지만 플리더의 마음은 좀처럼 풀어지지 않았어요.

강림절 두 번째 일요일에 일곱 남매는 다시 모여 부모님께 드릴 크리스마스 선물에 대해 의논했어요. 하지만 이번에도 좋은 생각이 떠오르지 않았어요.

"난 목재 더미 위에 앉아 있으면 좋은 생각이 나."

플리더가 말했어요. 그러자 칼이 플리더를 돌아보며 말했어요.

"그럼 가서 생각해 봐. 부모님께 어떤 선물을 하면 좋을지."

빌헬름도 플리더를 향해 말했어요.

"그래, 우리 플리더를 한번 믿어 보자."

플리더는 늘 행복하게 아코디언을 연주하던 목재 더미로 올라가 생각에 잠겼어요. 잠시 후 플리더가 다들 모여 있는 방으로 돌아왔어요. 형제들이 기대에 찬 눈으로 플리더를 바라보았어요.

"내가 생각해 봤는데, 칼 형은 시를 짓고, 빌헬름 형은 멋진 그림을 그리는 게 좋을 것 같아. 오토 형은 재미있는 이야기를 준비하고, 마리 누나와 안네 누나는 아름다운 노래를 들려 드려. 나랑 엘제는 그날 집을 따뜻하게 할 땔감을 모을게. 내 생각이 어때?”

“그거 좋은 생각인걸!”

다들 플리더의 말에 찬성했어요. 플리더의 말대로 하면, 꼭 돈을 들이지 않더라도 모두가 함께하는 뜻깊은 선물이 될 것 같았어요.

“역시 플리더는 머리가 좋아!”

칼이 플리더를 칭찬해 주었어요.

다른 형들과 누나들도 플리더를 칭찬했어요. 아코디언이 고장 나 일주일 동안 시무룩했던 플리더의 얼굴에 비로소 환한 미소가 피어났어요.

그 무렵 셋째인 오토는 학교에서 조금 곤란한 일을 겪고 있었어요. 같은 반에 루돌프란 친구가 있었는데, 루돌프의 아버지는 고급 호텔인 센트럴 호텔의 사장이었어요. 루돌프는 자기가 사장 아들이라며 늘 으스댔어요. 그러면서 호텔에서 일을 돕다 보면 바빠서 숙제할 시간이 없다고 핑계를 댔어요.

하루는 루돌프가 슬쩍 오토 곁으로 다가왔어요.

"오토, 그리스어 숙제 공책 좀 빌려줘. 내가 바빠서 숙제를 못 했거든."

"빌려줄 수는 있는데, 저번처럼 얼룩을 묻히면 곤란해."

"알았어, 조심할게. 그런데 빌려주는 김에 수학 공

책도 좀 빌려줘.”

오토는 어이가 없었어요.

“넌 정말 이해할 수가 없다. 남의 숙제를 베끼면 양심에 찔리지 않니?”

루돌프는 어깨를 으쓱하고는 말했어요.

“넌 내가 얼마나 바쁜지 몰라서 그래. 지난주에는 러시아 귀족이 우리 호텔에 왔는데, 이층 방을 다섯

개나 빌렸어. 오래 있을 건가 봐. 그런데 그 부인이 우리 아버지에게 두 아들을 가르칠 가정 교사를 소개해 달라고 부탁하더라."

"그럼 음악 선생님도 필요하겠네? 혹시 우리 아버지를 추천해 줄 수 있어?"

"물론이지. 피아노와 바이올린을 배우고 싶어 하는 것 같아. 하지만 그 귀족은 실력이 뛰어난 선생님을 원할 것 같은데?"

"우리 아버지는 최고의 음악 선생님이야. 말슈타트에 음악 학교가 세워지면 우리 아버지가 교장 선생님으로 가실 거야."

"정말? 그럼 우리 아버지한테 말해서 너희 아버지를 추천해 줄게. 대신 숙제 공책을 빌려줘야 해!"

"알았어. 빌려줄게."

오토는 뛸 듯이 기뻤어요.

오토는 학교가 끝나자마자 곧장 집으로 달려갔어요. 그러고는 칼과 빌헬름에게 이 기쁜 소식을 전달했어요.

칼이 빌헬름과 오토에게 말했어요.

“아직 확실한 건 아니니까 결정되면 아버지께 알려 드리자. 그 전에는 우리만 알고 있고.”

빌헬름과 오토는 고개를 끄덕였어요.

오토는 루돌프에게 약속대로 그리스어와 수학 공책을 빌려주었어요. 하지만 루돌프의 요구는 거기서 끝나지 않았어요. 다음 날 쉬는 시간에는 글짓기 공책을 빌려 달라고 졸라 댔어요.

“그럼 틀림없이 너희 아버지를 추천해 줄게.”

오토는 고민에 빠졌어요. 혼자 고민하다가 같은 학교에 다니는 칼을 찾아갔어요.

“형, 루돌프가 내 글짓기 공책을 빌려 달라는데 어

쩌면 좋지? 그러면 확실히 아버지를 음악 선생님으로 추천해 준대."

칼은 잠시 생각하더니 고개를 설레설레 저었어요.

"남이 쓴 글을 베끼는 건 말도 안 되는 일이야. 나중에 아버지가 아시면 크게 화를 내실 거야. 그러니까 루돌프한테 글짓기는 자기가 해야 하는 거라고 확실히 말해. 알았지?"

오토는 루돌프에게 가서 그대로 전했어요. 그러자 루돌프는 입을 삐죽 내밀고 휙 돌아서 가 버렸어요.

오토는 마음이 무거웠어요. 아버지에게 찾아온 좋은 기회를 자기가 잘못해서 날려 버린 것만 같았기 때문이었어요.

그런데 며칠 후 놀라운 일이 벌어졌어요. 센트럴 호텔의 심부름꾼이 집으로 찾아와 패플링 씨에게 편지를 전해 주고 간 거예요.

패플링 씨는 편지를 읽어 보았어요. 편지 내용은 바이올린과 피아노 개인 교습 문제로 상의하고 싶으니 센트럴 호텔로 와 달라는 것이었어요.

오토는 공책을 빌려주지 않았는데도 아버지를 추천해 준 루돌프가 몹시 고마웠어요. 오토는 부모님께 루돌프에게 들은 대로 러시아 귀족에 대해 말씀드렸어요.

패플링 씨는 매우 기뻐했어요.

“당장 센트럴 호텔로 가 봐야겠다.”

아버지는 가장 좋은 양복과 넥타이를 매고 급히 센트럴 호텔로 향했어요.

패플링 씨는 오후 5시가 조금 넘어서 집으로 돌아왔어요. 페르나게르딩 양의 개인 교습 시간에 늦었기 때문에 패플링 씨는 곧장 음악실로 들어가 피아노를 가르쳤어요.

수업이 끝나고 페르나게르딩 양이 돌아가자 패플링 씨는 가족들을 모두 거실로 불렀어요. 그러고는 환하게 웃으며 말했어요.

“호텔에 도착하니까 루돌프가 나를 러시아 귀족에게 안내해 주더구나. 수염이 곱슬곱슬한 러시아 귀족은 예전에 장군이었는데, 아직도 장군 자리에 있는 것처럼 위엄이 넘치더구나.”

패플링 씨는 계속 이야기했어요.

"내가 인사를 했더니 장군도 부인과 두 아들을 소개해 주었단다. 그 뒤에 이런저런 이야기를 나누다가 마지막에 교습비는 얼마나 줘야 하느냐고 묻기에 적당한 금액을 말했더니, 매일 호텔로 와서 두 시간씩 가르쳐 달라고 했단다. 가만 보니 두 아들은 바이올린 솜씨가 제법이었고, 부인 역시 피아노를 꽤 잘 치더구나. 음악을 아주 좋아하는 가족 같았어."

가족들은 다들 손뼉을 치며 기뻐했어요. 패플링 부인은 이렇게 기쁜 날은 노래를 불러야 한다며 아이들을 데리고 음악실로 들어갔어요. 아이들은 신나게 화음을 넣어 가며 즐겁게 노래를 불렀어요.

어느덧 12월도 절반이나 지나갔어요. 그러던 어느 날, 첫눈이 펄펄 내렸어요. 순식간에 온 세상이 함박눈에 덮여 새하얗게 변했지요.

그날 수업이 끝나자 빌헬름은 친구들과 밖으로 달려 나가 눈싸움을 했어요.

그러다가 길모퉁이에서 평소에 사이가 안 좋은 다른 학교 학생들과 마주쳤어요. 두 학교 학생들은 격렬하게 눈싸움을 벌였어요.

그런데 빌헬름과 친구들이 던진 눈 뭉치 중 하나가 지나가던 어른의 어깨에 맞았어요. 그분은 경찰서에서 사무관으로 일하는 프로스만 씨였어요. 눈 뭉치에 흙이 섞인 탓에 프로스만 씨의 코트는 더럽게 얼룩졌어요.

"어떤 녀석이 나한테 눈을 던진 거냐? 당장 나오지 못해!"

화가 난 프로스만 씨가 소리쳤지만, 아이들은 서로 눈치만 보며 아무도 나서지 않았어요. 그때 빌헬름이 프로스만 씨 앞으로 다가가 용서를 빌었어요.

"죄송합니다. 일부러 그런 것은 아니에요. 용서해 주세요."

빌헬름은 프로스만 씨의 코트에 묻은 눈과 흙을 털어 드렸어요.

"네가 던진 것도 아닌 것 같은데……. 그만 됐으니 가 보거라."

프로스만 씨의 말에 빌헬름은 인사를 꾸벅하고는 집으로 향했어요.

빌헬름이 떠난 후 프로스만 씨는 근처를 지나가던 경찰관을 만나, 자신에게 눈을 던진 학생을 잡아 혼내 달라고 부탁했어요.

경찰관이 다가가자 학생들은 놀란 새 떼처럼 후다닥 달아났어요. 경찰관은 겨우 한 녀석을 붙잡아 이름을 물었어요.

"이 녀석, 네 이름이 뭐냐?"

잡힌 학생은 슬쩍 주위를 둘러보더니 자신을 '빌헬름 패플링'이라고 했어요. 경찰관은 그 학생의 이름과 주소를 수첩에 적었어요.

하지만 그 학생은 빌헬름 패플링이 아니었어요. 진짜 이름은 빌헬름 바우만인데, 늘 못된 짓을 도맡아 하는 불량한 학생이었어요.

다음 날, 빌헬름은 아무것도 모른 채 집에서 숙제를 하고 있었어요.

"빌헬름, 나 좀 보자."

패플링 씨가 잔뜩 화가 난 목소리로 빌헬름을 불렀어요. 빌헬름이 음악실로 가자 패플링 씨가 대뜸 야단을 쳤어요.

"아까 경찰관이 학교로 나를 찾아왔다. 내일 오전

11시까지 너를 경찰서로 보내라는데, 도대체 무슨 사고를 친 거냐?"

그 순간 빌헬름은 어제 벌인 눈싸움이 떠올랐어요. 그래서 어제 있었던 일을 빠짐없이 그대로 이야기했어요.

"네가 던진 눈에 맞은 게 아니라고? 그런데도 그분께 가서 용서를 빌었다는 거냐? 그럼 왜 경찰관이 나를 찾아왔지? 그것참 이상하구나. 어쨌든 내일 오전 11시까지 경찰서로 가거라. 나는 내일 수업이 있어서 못 가니 혼자 가서 처리하도록 해."

패플링 씨는 아직도 화가 풀리지 않은 듯 매섭게 말했어요. 그날 밤 빌헬름은 너무 걱정되어 잠도 제대로 잘 수 없었어요.

이튿날 빌헬름은 고개를 푹 숙인 채 터덜터덜 학교로 향했어요.

학교에 도착하자마자 빌헬름은 그날 같이 눈싸움 했던 친구들에게 물었어요.

"너희도 경찰서에 가니?"

친구들은 다들 고개를 저었어요. 경찰서에서 부른 사람은 빌헬름뿐이었어요. 그때 한 친구가 빌헬름 바우만에게 물었어요.

"경찰관이 그날 네 이름을 적어 가는 걸 분명히 봤

는데, 너는 왜 안 부를까? 이상하네?"

빌헬름 바우만은 그런 적 없다며 버럭 화를 내더니 교실 밖으로 나가 버렸어요.

빌헬름은 선생님께 말씀드리고 오전 11시에 혼자 경찰서로 향했어요. 너무 두렵고 떨려 발걸음이 무거웠어요.

그런데 경찰서에 도착해 보니 뜻밖에도 패플링 씨가 먼저 와서 기다리고 있었어요. 빌헬름은 아버지를 보자마자 두려움이 많이 가라앉았어요.

"15분밖에 시간이 없구나. 어서 안으로 들어가자."

패플링 씨는 빌헬름을 데리고 담당 경찰관을 찾아갔어요.

"네가 빌헬름 패플링이니? 네가 프로스만 씨에게 눈덩이를 던지고 사과도 하지 않은 채 도망갔다는데, 사실이냐?"

경찰관이 빠르게 물었어요.

"아니에요. 실수로 던졌지만 바로 달려가 사과드렸어요. 그리고 그분이 제가 던진 눈에 맞은 것도 아니고요."

빌헬름은 솔직하게 대답했어요.

"우리 아이는 거짓말을 하지 않습니다. 그날 분명히 사과했다고 들었고요. 프로스만 씨나 이름을 적어 갔다는 경찰관을 좀 불러 주시겠습니까?"

아버지가 자기편을 들어주자 빌헬름은 눈물이 핑 돌았어요. 아버지가 자신을 믿어 주는 게 너무나 고마웠어요.

얼마 후 프로스만 씨와 그날 이름을 적어 간 경찰관이 함께 조사실로 들어왔어요. 프로스만 씨는 빌헬름을 보더니 고개를 갸우뚱거렸어요.

"왜 이 학생의 이름을 적어 온 거지? 이 학생은 그

날 나한테 와서 정중히 사과하고, 내 옷에 묻은 눈까지 털어 주었는데. 이상하군."

"그날 제가 이름을 적은 아이는 이 학생이 아닙니다. 머리가 크고 얼굴에 주근깨가 난 아이였어요."

함께 온 경찰관도 당황스러워했어요. 그러자 담당 경찰관이 고개를 끄덕이며 말했어요.

"어떤 못된 녀석이 남에게 죄를 덮어씌우려고 엉뚱

한 이름을 댔군. 혹시 그 아이가 누군지 아니?"

"누구인지 알 것 같지만, 확실한 건 아니라서 말씀드릴 수 없어요."

빌헬름이 고개를 저었어요.

"제가 찾을 수 있습니다. 그 학생의 얼굴을 또렷이 기억하고 있으니까요."

곁에 있던 경찰관이 그렇게 말하고는 패플링 씨와 빌헬름에게 고개를 숙여 사과했어요.

"잘못도 없는데 이렇게 오시게 해서 죄송합니다."

패플링 씨는 사과를 흔쾌히 받아들였어요.

그날 오후 바우만은 경찰서로 잡혀갔어요. 그러고는 이전에 저지른 나쁜 짓까지 모두 드러나 결국 학교에서 쫓겨나고 말았어요.

4 값진 크리스마스 선물

크리스마스 며칠 전 토요일이었어요. 이 무렵이면 모든 가정에서 크리스마스에 쓸 음식 재료를 미리 사 놓고, 크리스마스트리로 쓸 전나무도 미리 사 두었어요.

플리더는 아버지 심부름으로 악기점에 갔다가 돌아오는 길에, 전나무를 파는 가게 앞에서 잠시 구경을 했어요.

"꼬마야, 거기서 뭐 하니? 어서 이 주소로 전나무를 배달해 다오."

전나무를 파는 아주머니가 못마땅하다는 듯 플리더에게 말했어요.

“루이제 거리 43번지에 있는 헬러 박사님 댁이다. 얼른 가거라.”

플리더는 뭐라고 말도 못하고 멍하니 서 있었어요. 가게 주인아주머니가 플리더를 배달하는 아이로 착각한 모양이었어요.

실제로 이맘때면 플리더 또래의 아이들이 용돈을 벌려고 전나무 배달을 하곤 했어요.

주인아주머니가 등을 떼밀자 플리더는 얼떨결에 전나무를 받아 들고 거리로 나섰어요.

'그래, 얼른 배달하자. 마침 시간도 있으니까.'

플리더는 전나무를 어깨에 메고 루이제 거리로 향했어요. 열심히 걷다 보니 어깨도 아프고 손도 꽁꽁 얼었어요. 그 바람에 걷는 속도도 느려졌어요. 몇 번이나 사람들과 부딪치는 바람에 주소를 적은 종이까지 그만 잃어버리고 말았어요.

플리더는 전나무를 질질 끌다시피 하며 겨우 루이제 거리에 도착했어요.

'42번지라고 했나? 아니, 43번지 같은데?'

플리더는 42번지와 43번지를 이리저리 헤매고 다녔어요.

몇몇 집의 초인종을 누르고 물어보았지만 다들 전나무를 주문하지 않았다고 했어요. 플리더는 눈물이 핑 돌아 그 자리에 주저앉아 버렸어요.

결국 플리더는 전나무를 끌고 집으로 향했어요.

집에서는 점심시간이 다 되도록 플리더가 돌아오지 않자 다들 걱정하고 있었어요.

"이상하네? 플리더가 왜 안 오지?"

마리와 안네는 자꾸 문 쪽을 돌아보았어요.

그때 초인종이 울리더니 플리더가 불쑥 나타났어요. 플리더는 자기 키보다 큰 전나무를 어깨에 메고 있었어요. 어찌나 추위에 떨었는지 코와 볼이 빨갰어요.

패플링 부인이 깜짝 놀라 물었어요.

"플리더, 도대체 어떻게 된 일이니?"

플리더가 울상을 지으며 말했어요.

“이 전나무를 어떤 집에 배달해야 하는데 집을 못 찾았어요. 주소를 적은 종이도 잃어버렸고요. 기억나는 건 헬러 박사님 집이라는 거예요.”

패플링 씨는 플리더에게 도대체 무슨 일이 있었는지 천천히 말해 보라고 했어요. 플리더가 어떻게 전나무를 배달하게 되었는지 자세히 말하자 패플링 씨가 고개를 끄덕였어요.

“점심을 먹고 나서 형들 중 한 명이 플리더와 같이 가 주면 좋겠구나.”

하지만 아무도 선뜻 나서지 않았어요. 전나무를 배달하는 일은 가난한 꼬마들이 하는 일이라 창피했기 때문이에요.

패플링 씨는 할트비히 씨 집에서 주소록을 빌려와 헬러 박사의 집 주소가 43번지라는 걸 알아냈어요. 그러고는 오토를 돌아보며 말했어요.

“오토, 네가 플리더와 같이 가 주렴.”

오토는 내키지 않았지만 전나무를 메고 플리더와 루이제 거리로 향했어요.

하지만 오토는 가는 길에 전나무를 플리더에게 건네주고는 슬쩍 도망가 버렸어요. 저쪽에서 학교 친구들이 걸어오는 것을 보고는 창피해서 후다닥 달아나 버린 거예요.

플리더는 혼자 43번지 헬러 박사 집 앞에 무사히 도착했어요.

한편, 플리더를 혼자 보낸 오토는 집 근처에서 실컷 놀다가 어느 정도 시간이 지난 후 집으로 돌아왔어요. 가족들이 전나무를 잘 배달했느냐고 물었지만 오토는 대답할 수 없었어요. 그래서 결국 사실대로 털어놓았어요.

잠시 후 플리더가 울먹이며 집으로 돌아왔어요. 그런데 여전히 전나무를 어깨에 메고 있었어요.

"초인종을 아홉 번이나 눌렀는데도 아무도 안 나왔어요."

패플링 부인은 플리더를 꼭 끌어안았어요.

"못난 형 때문에 플리더만 고생했구나. 친구들한테 창피하다고 동생을 혼자 보내다니, 쯧쯧."

그때 빌헬름이 불쑥 나섰어요.

"어머니, 제가 갈게요. 제가 꼭 전나무를 전해 주고 올게요."

빌헬름은 전나무를 번쩍 메고 재빨리 밖으로 나갔어요.

루이제 거리에 도착한 빌헬름은 곧장 헬러 박사의 집으로 가서 초인종을 눌렀어요. 그러자 젊은 부인이 나왔어요.

"왜 이렇게 늦었니? 어디서 놀다 온 거 아니니?"

빌헬름은 우선 사과하고 나서 지금까지 있었던 일을 자세히 설명했어요.

"어머, 어린 네 동생이 정말 고생했구나. 아무리 기다려도 전나무가 오지 않기에 시장에 가서 다시 사 왔는데, 그 사이에 네 동생이 왔던 모양이구나. 이제 이걸 어떡한담? 혹시 너희 집에 전나무가 없다면 주고 싶은데, 괜찮을까?"

"저희 집은 아직 전나무를 사지 못했어요. 주신다면 고맙게 받겠습니다."

빌헬름은 전나무를 다시 어깨에 멨어요.

"고생한 꼬마 신사에게 이걸 좀 갖다주렴."

부인은 꿀이 들어 있는 과자와 사탕이 든 상자를 빌헬름에게 건네주었어요. 빌헬름은 부인에게 감사 인사를 하고 서둘러 집으로 향했어요.

빌헬름이 전나무와 과자 상자를 들고 돌아오자 가족들은 또 한 번 깜짝 놀랐어요. 빌헬름이 빙그레 미소 지으며 말했어요.

"이 전나무는 공짜로 얻은 거고, 이건 플리더에게 주는 선물이야! 부인이 기다리다가 하도 안 와서 전나무를 다시 샀대. 그리고 이 과자와 사탕은 플리더에게 주라고 싸 주신 거야."

패플링 씨는 오토가 플리더를 루이제 거리에 혼자 두고 온 이야기를 나중에 전해 들었어요. 그래서 오토를 불러 야단을 쳤어요.

"친구들이 놀릴까 봐 동생을 버려두고 오다니! 오토, 그건 정말 사내답지 못한 비겁한 짓이다!"

오토는 입을 꾹 다물고 아무 말도 하지 못했어요.

그날 밤 오토는 잠을 이룰 수 없었어요. 사내답지 못하고 비겁하다는 말이 자꾸만 생각났어요.

다음 날, 오토는 다른 아이들보다 훨씬 늦게 집에 돌아왔어요. 오토는 집에 오자마자 패플링 씨가 있는 음악실로 향했어요.

"무슨 일이냐? 내게 할 말이 있는 표정이구나?"

오토는 고개를 끄덕이고는 말했어요.

"저한테 사내답지 못하고 비겁하다고 하셨죠? 그 말씀, 취소해 주세요."

"왜 그 말을 취소해야 하지?"

"저 오늘 수업 끝나고 시장에 가서 전나무 나르는 일을 했어요. 친구들이 보는데도 아무렇지도 않게 배달했다고요. 이게 배달하고 번 돈이에요."

오토의 당당한 말에 패플링 씨가 웃음을 터뜨렸어요.

"하하하! 그래, 취소하마. 너한테 그런 용기가 있었다니, 정말 사내답구나!"

패플링 씨가 오토의 어깨를 두드려 주었어요. 그러자 오토는 비로소 마음이 편해졌어요.

드디어 기다리던 크리스마스이브가 되었어요. 아이들은 깨우지 않아도 스스로 일어나 재빨리 교회에 다녀왔어요. 집에 돌아온 아이들은 할머니가 소포로 보내 주신 과자를 먹었어요. 그동안 패플링 부부는 크리스마스트리에 황금색 방울, 빨간색 리

본 등 여러 가지 장식을 달았어요.

발부르크 아줌마도 곁에서 도와주었지요.

아이들은 완성된 크리스마스트리를 보고 환호성을 지르며 좋아했어요.

“정말 아름다워요!”

패플링 부부는 아이들에게 크리스마스 선물을 나누어 주었어요. 비싼 선물은 아니었지만 아이들은 다들 기뻐했어요.

플리더는 선물을 받고 감동하여 눈물을 글썽거렸어요. 플리더가 받은 선물은 바이올린이었어요.

"지금 연주해 봐도 돼요?"

플리더는 얼른 바이올린을 들어 올렸어요.

아직 배운 적이 없어 겨우 소리를 내는 정도였지만 그것만으로도 플리더는 매우 기뻤어요.

"넌 운도 좋다. 나한테 바이올린을 공짜로 배울 수 있으니 말이다. 하지만 하루에 한 시간 이상은 연주하지 말거라."

플리더는 하루에 한 시간 이상은 연주하지 않기로 아버지와 굳게 약속했어요.

칼과 빌헬름, 오토는 선물로 받은 스케이트를 들고 좋아서 펄쩍펄쩍 뛰었어요. 마리와 안네는 멋진 가죽 장갑을 선물 받았어요. 이것은 아버지의 교습생인 페르나게르딩 양이 준 선물이었어요.

아이들도 패플링 부부에게 선물로 준비한 시를 읽고 그림을 드렸어요. 마리와 안네는 노래를 불러 드렸지요. 난로에는 플리더와 엘제가 구해 온 땔감이 활활 타고 있었어요.

아이들이 이리저리 뛰어다니는 통에 집 안은 시끌벅적했어요. 아래층 할트비히 씨네 천장에 매달린 램프가 흔들릴 지경이었지요.

"꼭 지진이라도 난 것 같군."

할트비히 씨가 천장을 올려다보며 툴툴거리자 할트비히 부인이 어깨를 으쓱하며 말했어요.

"여보, 오늘은 우리가 좀 이해해 줍시다. 크리스마스이브잖아요."

5 꼬마 음악가와 놀아 주기

드디어 새해가 밝았어요. 새해 첫날은 영하 20도라 매우 추웠어요. 그래서 다들 난롯가에 붙어 앉아 시간을 보냈어요.

하루는 패플링 씨 집에 우편배달부가 와서 편지를 주고 갔어요. 프로이센에 사는 외할머니가 보낸 편지였어요. 편지 내용은 2월에 있을 외할머니의 80세 생신 때 형제자매가 다 모이기로 했으니, 패플링 부인도 꼭 오라는 것이었어요.

"가고 싶지만 2주나 집을 비울 수는 없어요."

아내의 말에 패플링 씨가 바로 나섰어요.

"아이들도 다 컸고, 발부르크 아줌마도 있으니까 못 갈 것도 없지 않소."

"안 돼요. 그럴 순 없어요. 나중에 가지요, 뭐."

아이들은 어머니의 힘없는 목소리에 마음이 아팠어요.

"어머니, 다녀오세요."

"우리 걱정은 마시고 외할머니를 뵙고 오세요."

아이들은 한마음으로 패플링 부인에게 말했어요. 하지만 패플링 부인은 고개를 저었어요.

"날도 이렇게 추운데 그 먼 곳까지 어떻게 가겠니. 나중에 가도 돼."

패플링 씨는 당장 결정하지 않아도 되니 2월 초에 다시 의논하자고 했어요.

겨울 방학이 끝나고 난 후 아이들은 다시 학교에 다녔어요. 하루는 패플링 씨가 아이들에게 흥미로운 소식을 전해 주었어요.

"얘들아, 이번 달에 바이스만이라는 유명한 음악가 부부와 그 아들이 이 도시에서 음악회를 연다는구나. 어린 아들이 바이올린 연주를 아주 잘한다고 신문에 나온 걸 보니 음악 천재인 모양이야."

"그럼 당신도 음악회에 가겠군요?"

패플링 부인이 물었어요.

"입장권이 비싸서 아무래도 가기 힘들 것 같아. 하지만 음악회가 우리 학교 강당에서 열리니까 어쩌면 초대권을 받을지도 몰라. 그러면 나는 음악회에 가고, 당신은 프로이센에 어머니를 뵈러 가면 정말 좋겠군."

"저희도 그랬으면 좋겠어요! 어머니, 꼭 외할머니를 뵈러 가세요."

아이들이 한목소리로 말하자 패플링 부인도 미소를 지었어요. 생각이 바뀌어 프로이센에 가기로 마음을 먹은 것 같았어요.

다음 날, 패플링 씨는 호텔에서 러시아 장군의 아이들을 가르치고 집으로 돌아왔어요. 그런데 플리더가 부엌에서 바이올린을 연주하고 있었어요.

그 모습을 보고 패플링 씨가 버럭 소리쳤어요.

"플리더, 아까 내가 집에서 나갈 때도 연주를 하더니 지금까지 계속한 거냐? 하루에 한 시간 이상은 안 하기로 약속했잖아!"

플리더는 화들짝 놀라 연주를 멈추었어요.

"그렇게 오래 연주한 것 같지 않은데요."

"이 녀석, 두 시간도 훨씬 지났다! 왜 약속을 지키지 않니? 숙제는 다 했어?"

"아직……."

"바이올린을 이리 다오. 약속을 어겼으니 이번 주에는 연주할 수 없다!"

플리더는 꼭 끌어안고 있던 바이올린을 아버지에게 건네주었어요. 패플링 씨는 바이올린을 받아 들고 부엌에서 나갔어요.

플리더가 눈물을 글썽거리자 발부르크 아줌마가 다리미를 내려놓고 꼭 안아 주었어요.

그 무렵 패플링 씨는 걱정이 많았어요. 러시아 장군의 아이들을 가르치는 일도 곧 끝날 예정이었고, 책상 위에는 청구서가 여러 장 쌓여 있었어요.

병원에서 온 청구서는 안네의 귀 수술비였는데 60 마르크나 되었어요. 패플링 씨가 한숨을 쉬는데, 서점에서 또 한 장의 청구서가 날아왔어요.

"도대체 누가 외상으로 책을 산 거냐?"

서점에서 온 4마르크짜리 청구서를 보고 패플링 씨는 화가 치밀었어요.

"칼과 빌헬름, 오토! 당장 음악실로 오너라!"

세 아들이 서둘러 음악실로 건너갔어요. 패플링 씨가 엄하게 물었어요.

"이게 도대체 어떻게 된 거냐?"

잠시 머뭇거리더니 오토가 나서서 말했어요.

"형들한테 물려받은 참고서가 너무 오래되었다고 선생님이 새 책을 사 오라고 하셨어요. 그래서 할 수 없이……."

"그럼 허락을 받고 사야지."

오토는 말없이 고개를 숙였어요.

"집안 형편이 어려운데 외상으로 책을 사다니. 허락도 없이 네 마음대로 샀으니 4마르크는 네 용돈으로 갚아라."

패플링 씨는 청구서를 오토에게 건네주었어요.

“제 용돈 남은 것으로는 모자라요.”

“그럼 칼과 빌헬름이 보태 줘라. 너희들도 오토가 외상으로 책을 산 걸 알고 있었겠지? 당장 서점에 가서 책값을 갚고 영수증을 가져오너라.”

칼과 빌헬름, 오토는 가지고 있던 용돈을 합해 곧장 서점으로 달려갔어요.

야단을 맞아 기분은 안 좋았지만 책값을 갚고 나니 속은 시원했어요.

음악회 전날, 패플링 씨는 센트럴 호텔로 가서 마지막 개인 교습을 했어요. 교습이 끝난 후 러시아 장군이 패플링 씨를 거실로 안내했어요.

"그동안 우리 아이들을 지도해 주셔서 고맙습니다. 내일 오전에 아이들을 선생님 댁으로 보내 교습비를 드리겠습니다. 저희 부부는 아이들을 베를린에 있는 학교 기숙사로 보낸 다음 모레쯤 러시아로 떠날 겁니다. 패플링 선생도 음악회에 오실 테니 작별 인사는 내일 다시 합시다."

장군 부부는 패플링 씨를 배웅해 주었어요.

다음 날 아침, 센트럴 호텔은 일찍부터 사람들로 북적거렸어요. 신문사 기자들과 음악 비평가들이 음악가 바이스만 부부를 보려고 찾아왔어요.

저녁에 음악회가 열리니 오전에 바이스만 부부를 취재하러 온 거예요. 취재와 인터뷰로 정신이 없는데, 바이스만 부부의 아들인 꼬마 음악가 에드문트가 아침부터 계속 징징거리며 투정을 부렸어요.

"이를 어쩌면 좋지?"

고민하던 바이스만 부인은 급히 호텔 주인인 마이어 씨에게 부탁했어요.

“에드문트가 심심한지 자꾸 짜증을 부리네요. 혹시 에드문트가 무대에 서기 전까지 같이 놀아 줄 아이를 찾아봐 주실 수 있나요?”

마이어 씨는 문득 패플링 씨 가족이 떠올랐어요.

‘그 집 아이들이라면 다들 밝고 예의 바르니 에드문트와 잘 놀아 줄 거야.’

마이어 씨는 심부름꾼과 마차를 패플링 씨 집으로 보냈어요.

그날 오전, 러시아 장군의 두 아들이 패플링 씨 집으로 인사를 하러 왔어요. 패플링 씨는 학교에 가고 없어서 패플링 부인이 두 아이를 맞아 주었어요.

“교습비는 부모님이 며칠 뒤에 우편으로 보내 드린대요. 저희는 먼저 떠나야 해서 작별 인사를 드리러 왔어요.”

아이들은 패플링 씨 대신 패플링 부인에게 공손히 인사하고 돌아갔어요. 그날 점심때 패플링 씨가 우울한 표정으로 집에 돌아왔어요.

"오늘 밤 음악회에 못 갈 것 같소. 초대권이 교장 선생님 앞으로 한 장밖에 안 왔다오."

"어머, 정말 너무하네요. 그럼 돈을 주고라도 표를 사서 가세요."

패플링 부인이 말했어요.

"아직 안네의 병원비 60마르크도 갚지 못했는데 어떻게 표를 사겠소? 참, 러시아 장군의 두 아들이 왔다 가지 않았소?"

"왔었어요. 교습비는 장군 부부가 나중에 우편으로 보내 준대요."

"아쉽게 됐구려. 오늘 교습비를 받았으면 음악회 표를 살 수 있었을 텐데."

패플링 씨는 말없이 음악실로 들어갔어요.

얼마 후, 초인종이 울리더니 센트럴 호텔에서 보낸 심부름꾼이 찾아왔어요. 심부름꾼은 마이어 씨가 일러 준 대로 공손하게 말을 전했어요.

"음악회 전까지 에드문트와 놀아 줄 아이를 보내 주시면 정말 고맙겠다고 하셨습니다."

어려운 부탁도 아니어서 패플링 부부는 아이들을 호텔로 보내기로 했어요.

"그런데 누굴 보내면 좋을까요? 마리와 안네는 집에 없고, 칼은 너무 커서 안 될 것 같죠? 빌헬름이나 오토, 플리더, 엘제 중에서 누굴 보낼까요?"

패플링 씨는 직접 아이들에게 물어보았어요.

"누가 호텔에 가서 에드문트와 놀아 주겠니?"

오토는 아이와 잘 놀아 줄 자신이 없다며 고개를 저었어요. 그리고 플리더는 너무 얌전했지요.

"걱정 마세요. 제가 가서 재미있게 놀아 줄게요."

빌헬름이 불쑥 나서서 말했어요. 그러자 인형 놀이를 하던 엘제도 같이 가겠다며 따라나섰어요.

빌헬름과 엘제는 마차를 타고 센트럴 호텔로 향했어요. 마차가 호텔에 도착하자 마이어 씨가 엘제를 번쩍 안아서 내려주었어요. 빌헬름도 뒤따라 내렸어요.

"너희들이 함께 놀아 줄 아이는 에드문트야. 오랫동안 연주 여행을 다녀서 몹시 지쳐 있단다. 그러니 잠시나마 재미있게 놀아 주렴."

마이어 씨는 빌헬름과 엘제를 음악가 가족이 있는 방으로 안내했어요. 그런데 방문 앞에서 빌헬름이 갑자기 물구나무를 서더니 그대로 방으로 들어갔어요. 짜증만 부리고 있던 에드문트는 눈이 동그래졌어요.

"그거 어떻게 하는 거야? 정말 대단하다!"

그때 엘제가 바이스만 부인에게 말했어요.

"원래는 예의 바른 오빠니까 걱정 마세요. 지금은 재미있게 보이려고 일부러 물구나무를 선 거예요."

"그렇구나. 음악회 전까지 재미있게 놀아 다오."

에드문트가 즐거워하자 바이스만 부인은 그제야 안심했어요.

꿈꾸는 듯한 눈동자에 금빛 머리칼을 한 에드문트는 무척 귀여웠어요. 하지만 음악 말고는 할 줄 아는 게 아무것도 없고 친구도 없었어요.

빌헬름과 엘제는 에드문트와 재미나게 놀아 주었어요. 에드문트는 짜증도 안 부리고 활짝 웃으며 엘제와 춤까지 추었어요. 빌헬름이 세 박자로 이루어진 왈츠를 휘파람으로 불자, 둘은 빙글빙글 돌며 귀엽게 춤을 추었어요.

에드문트가 즐겁게 노는 모습을 보고 바이스만 부부는 대단히 기뻐했어요. 아이들이 즐겁게 노는 사이에 어느덧 음악회 시간이 다가왔어요.

“에드문트, 이제 저녁 식사를 하고 음악회에 가야 할 시간이란다. 어서 준비하자.”

바이스만 부인의 말에 에드문트는 금세 울상이 되었어요.

"가기 싫어요! 난 여기서 더 놀고 싶어요!"

에드문트는 소리를 지르며 울음을 터뜨렸어요. 당황한 바이스만 부인이 에드문트를 달랬어요.

"네가 바이올린 연주를 하지 않으면 너를 보러 온 관객들이 실망할 거야. 약속을 안 지킨다고 화를 낼지도 몰라. 그러면 안 되잖아?"

그러자 에드문트가 빌헬름과 엘제를 돌아보며 말했어요.

"그럼 빌헬름 형과 엘제랑 같이 갈래. 엄마랑 아빠가 무대에 올라가고 나면 너무 심심하단 말이야."

"에드문트, 우린 못 가. 그 시간이면 엘제는 자야 하고, 난 숙제를 해야 해."

빌헬름의 말에 에드문트는 또다시 울음을 터뜨렸어요.

"그럼 나도 안 할 거야! 연주 안 해! 가지 말고 제

발 나랑 놀아 줘!"

그때 바이스만 씨가 빌헬름의 손을 잡고 가만히 말했어요.

"미안하지만 숙제를 좀 늦게 하고, 이따가 에드문트와 대기실에서 놀아 주면 안 되겠니? 그렇게 해 준다면 음악회 초대권을 한 장 주마. 초대권을 다른 사람에게 팔아 용돈으로 쓰렴."

초대권이란 말에 빌헬름의 얼굴이 환해졌어요. 아버지께 초대권을 드리면 정말 좋아하실 것 같아 빌헬름은 얼른 고개를 끄덕였어요.

"알겠어요. 숙제를 좀 늦게 하더라도 제가 에드문트와 함께 있을게요. 초대권을 아버지께 드려야 하니까, 집에 갔다가 시간에 맞춰 대기실로 갈게요."

"와, 신난다!"

에드문트의 얼굴이 금세 밝아졌어요. 바이스만 씨는 약속대로 빌헬름에게 초대권을 한 장 건네주었어요.

빌헬름과 엘제는 마차를 타고 서둘러 집으로 돌아왔어요. 빌헬름은 얼른 음악실로 가서 아버지에게 외쳤어요.

"아버지, 초대권이 생겼어요!"

패플링 씨는 깜짝 놀랐어요.

"바이스만 씨가 주셨어요. 이따가 대기실에서 에드문트와 좀 더 놀아 주기로 하고 받았어요. 아버지, 이제 얼른 음악회에 가세요!"

패플링 씨는 급히 옷을 갈아입었어요. 그동안 빌헬름과 엘제는 센트럴 호텔에서 있었던 일을 자세히 이야기했어요. 준비를 마친 패플링 씨는 빌헬름과 함께 음악 학교로 향했어요.

학교에 도착하자 패플링 씨는 강당으로 들어가고, 빌헬름은 대기실로 갔어요.

바이스만 부인은 빌헬름을 반갑게 맞아 주었어요.

“와, 빌헬름 형이 왔다!”

에드문트는 환하게 웃으며 기뻐했어요.

“빌헬름, 우리 에드문트를 잘 부탁한다.”

바이스만 부인은 황급히 무대로 달려갔어요.

빌헬름은 주머니에서 작은 팽이를 꺼내 빙그르르 돌렸어요. 탁자 위에서 빙빙 도는 팽이를 보고 에드문트는 무척 신기해했어요.

“나도 돌려 보고 싶어.”

에드문트는 직접 팽이를 돌리며 한동안 즐거운 시간을 보냈어요. 빌헬름이 잘한다고 칭찬해 주자 어깨를 으쓱거리며 좋아했어요.

드디어 에드문트가 무대에 오를 시간이 되었어요. 에드문트는 밝은 표정으로 무대에 올라 멋지게 바이올린을 연주했어요. 빌헬름은 에드문트의 연주를 보며, 나중에 동생 플리더도 유명한 바이올린 연주자가 될 거라고 생각했어요.

에드문트는 연주가 끝나자 곧장 대기실로 돌아왔어요. 하지만 다 끝난 것은 아니었어요. 한 번 더 무대에 올라 길고 어려운 곡을 연주해야 했어요.

그런데 바이스만 부부가 다시 무대로 나간 뒤 에드문트가 조금 이상해졌어요. 빌헬름이 아무리 놀아 주려고 해도 자꾸 투정을 부렸어요.

"또 팽이 돌리고 놀까?"

빌헬름이 물었어요. 하지만 에드문트는 싫다고 했어요. 빌헬름이 곁에 앉아 재미있는 이야기를 들려주자 에드문트는 겨우 스르르 잠이 들었어요.

잠시 후, 무대로 나간 바이스만 부인이 노래를 부르고 내려왔어요. 부인은 대기실로 들어와 에드문트를 깨웠어요.

"에드문트, 일어나! 이제 곧 네 순서야."

"싫어. 나 연주 안 할 거야. 몸이 아프단 말이야."

에드문트는 눈물을 글썽거리며 중얼거렸어요. 바이스만 씨가 다가와 에드문트를 안고 달랬어요.

"에드문트, 열이 조금 있는 거 보니 몸이 안 좋은

것 같구나. 하지만 아빠도 예전에 몸이 아팠을 때 꾹 참고 연주했단다. 어서 한 곡만 연주하고 들어와서 푹 쉬렴. 네가 연주를 안 하면 너를 좋아하는 관객들이 무척 실망할 거야."

에드문트는 마지못해 무대로 나가 다시 바이올린을 연주했어요. 에드문트가 대기실로 돌아오자 바이스만 부인은 얼른 달려가 꼭 안아 주었어요. 다행히 음악회는 그렇게 잘 끝났어요.

다음 날, 지역 신문에 에드문트가 홍역에 걸렸다는 기사가 나왔어요. 에드문트와 함께 춤을 추었던 엘제도 홍역에 걸리고 말았어요. 패플링 부인은 며칠 동안 엘제의 곁에서 병간호를 해야 했어요.

한편, 패플링 씨는 러시아 장군으로부터 교습비가 오지 않자 걱정이 되었어요. 안네의 귀 수술비도 아직 해결하지 못해서 고민이었어요.

패플링 씨는 기다리다 못해 장군의 두 아들에게 편지를 보냈어요. 그랬더니 얼마 지나지 않아 아이들이 사과하는 편지와 함께 교습비를 보내왔어요.

패플링 씨는 아내에게 교습비가 든 봉투를 건네주었어요.

“이게 뭐예요?”

“장군의 아이들이 보내온 교습비라오. 아이들이

교습비를 자기들 용돈으로 쓴 모양이오. 그래서 아이들에게 편지를 보내 그러면 안 된다고 했소. 부모님께서 알게 되면 평생 부끄러워하실 테니, 혹시라도 실수했다면 당장 잘못을 바로잡으라고 했지. 그랬더니 이렇게 사과하는 편지와 함께 교습비를 보내왔다오."

"정말 다행이네요."

패플링 부인은 바로 병원으로 가서 안네의 귀 치료비를 해결했어요.

6 행복한 가족

어느덧 엘제는 홍역이 완전히 나아 건강해졌어요. 엘제는 플리더 오빠와 놀고 싶어서 바이올린 소리가 나는 부엌으로 달려갔어요.

"오빠, 나랑 놀자!"

플리더는 바이올린 연주에 정신이 팔려 대꾸도 하지 않았어요. 세 시간이 넘게 연주만 하자 칼도 그만하라고 말렸어요. 하지만 플리더는 들은 척도 하지 않았어요.

"엄마, 플리더 오빠가 나랑 안 놀아 줘요."

엘제가 패플링 부인에게 다가가 말했어요.

화가 난 패플링 부인이 부엌으로 가서 야단을 치자 플리더는 그제야 바이올린 연주를 멈추었어요.

"세 시간도 넘게 바이올린을 연주하다니 정말 큰 문제로구나! 아무래도 아버지께 말씀드려야겠다."

패플링 부인이 방으로 가 버리자 형들과 누나들이

조심스럽게 말했어요.

"우리가 봐도 네가 잘못한 것 같아. 얼른 죄송하다고 말씀드려."

플리더는 바이올린을 든 채 말없이 서 있었어요.

그날 저녁, 패플링 씨가 플리더를 방으로 불렀어요.

"너무 열중해서 시간을 잊은 것뿐이라면 이해하마. 하지만 시간이 지난 걸 알면서도 계속했다면 너는 이제 1년 동안 바이올린을 켤 수 없다. 당장 바이올린을 이리 다오."

그러나 플리더는 오히려 바이올린을 꼭 껴안고 뒤로 한 걸음 물러났어요. 그 모습을 본 패플링 씨와 가족들은 깜짝 놀랐어요. 플리더는 평소에 가장 예의 바르고, 부모의 말을 거스른 적도 없었기 때문이에요. 패플링 씨가 버럭 화를 냈어요.

"그럼 바이올린을 연주하든 말든 네 멋대로 해라!

너는 이제 우리 가족이 아니다. 당장 나가!"

패플링 씨는 문을 활짝 열고 밖을 가리켰어요. 플리더는 고개를 푹 숙인 채 밖으로 나갔어요.

그 모습을 본 마리와 안네는 눈물을 흘렸어요. 엘제도 따라서 울음을 터뜨렸어요. 패플링 부인이 아이들을 달랬어요.

"울지 말거라. 플리더가 아버지께 사과하고 바이올린을 갖다드릴 거야."

하지만 플리더는 문밖에서 꼼짝도 하지 않았어요. 저녁을 차릴 때 플리더의 몫까지 식탁에 준비해 놓았지만 플리더는 들어오지 않았어요.

잠시 후, 문밖에서 바이올린 소리가 희미하게 들려왔어요. 혼자 울던 플리더가 슬픔을 달래려고 연주를 시작한 거예요.

"오빠가 바이올린을 연주하나 봐요."

엘제가 조그맣게 속삭였어요.

가족들도 다 함께 귀를 기울였어요. 바이올린 소리는 무척 슬프게 들렸어요.

"마리랑 안네가 플리더에게 가 보렴."

패플링 부인의 말에 마리와 안네는 얼른 동생에게 갔어요. 플리더는 계단에 쪼그리고 앉아 연주를 하고 있었어요. 마리와 안네는 플리더의 등을 토닥이

며 위로의 말을 건넸어요.

얼마 후, 마음이 가라앉은 플리더는 바이올린을 들고 음악실로 향했어요.

"아버지, 저예요."

플리더는 바이올린을 아버지에게 건네주고 용서를 빌었어요. 그러자 패플링 씨는 두 팔을 벌려 플리더를 안아 주었어요.

"그래, 플리더. 넌 우리 가족이다."

플리더는 아버지 품에 안겨 흐느껴 울었어요. 패플링 씨는 플리더의 눈물을 닦아 주었어요.

"바이올린은 앞으로 1년 동안 벽장 속에 넣어 둘 거다. 연주를 그만두어야 할 때 그만둘 줄 아는 자제력이 생기면 그때 돌려주마. 그 대신 아빠가 피아노를 가르쳐 줄게."

다음 날부터 플리더는 바이올린 대신 피아노를 배웠어요. 피아노를 바이올린만큼 좋아하지는 않았지만 그래도 열심히 배웠어요.

드디어 패플링 부인이 프로이센으로 어머니를 만나러 가는 날이 되었어요. 패플링 부인은 아이들 걱정에 쉽게 발걸음을 떼지 못했어요. 아이들은 아무 걱정 말라며 어머니를 안심시켰어요.

패플링 부인은 기차를 타고 프로이센으로 가서 몇

년 만에 그리운 가족들을 만났어요.

패플링 부인은 대학교수인 오빠와 함께 어머니의 생신날 푸짐하게 음식을 차려 드렸어요. 그리고 고향에서 여러 날 동안 행복한 시간을 보냈어요.

하루는 패플링 부인의 오빠가 한 가지 제안을 했어요.

"아이들을 일곱 명이나 키우려니 힘들지? 그래서 하는 말인데, 우리 집은 형편이 괜찮으니 아이들 중 한 명을 우리 집에서 키우면 어떻겠니?"

패플링 부인은 집에 가서 남편과 상의해 보겠다고 했어요. 형편도 넉넉하고 자상한 외삼촌 밑에서 자란다면 아이한테도 좋을 것 같았어요.

어느덧 2주가 지나 패플링 부인이 돌아오기로 한 날이 되었어요. 패플링 씨가 아이들에게 말했어요.

"얘들아, 이렇게 하면 어떻겠니? 어머니가 돌아오는 날 칼과 빌헬름, 오토는 수업이 끝나자마자 기차역으로 오는 거야. 물론 나는 너희보다 먼저 기차역에 가 있을 거다. 그리고 마리와 안네는 광장에서 기다리렴. 플리더는 프륄링 거리 모퉁이에서 기다리고, 엘제는 집 현관 계단에서 기다리는 거야. 어머니가 깜짝 놀라게 말이야. 어때?"

"좋아요! 재미있을 것 같아요!"

아이들은 다들 그렇게 하기로 했어요.

패플링 씨는 시간에 맞춰 기차역으로 나갔어요. 그러고는 기차가 도착하자마자 재빨리 기차 안으로 들어가 아내가 기차에서 내리는 것을 도왔어요. 패플링 부인은 남편을 보고 환하게 웃었어요.

그때 기차역 저편에서 세 아들이 나타났어요.

"어머니!"

아이들이 부르는 소리에 패플링 부인은 깜짝 놀랐어요.

"칼, 빌헬름, 오토! 그동안 잘 있었지?"

패플링 부인은 아이들을 와락 끌어안았어요. 광장을 지날 때는 마리와 안네가 나타나 어머니를 기쁘게 했고, 프륄링 거리에서는 플리더가 나타나 어머니를 감격하게 했어요.

"어머니, 보고 싶었어요!"

그리고 집에 도착했을 때는 막내 엘제가 현관에서 쪼르르 달려 나와 패플링 부인의 품에 안겼어요. 패플링 부인은 눈물을 글썽거리며 아이들을 돌아보았어요.

"다들 건강해 보이는구나. 너희들이 정말 보고 싶

었단다!"

아이들은 패플링 부인 곁에 붙어 앉아 번갈아 가며 이야기를 했어요.

패플링 부인은 프로이센에서 있었던 일을 하나하나 재미있게 들려주었어요.

봄 방학이 시작된 후, 하루는 패플링 씨가 플리더에게 물었어요.

"바이올린을 연주하고 싶니?"

플리더는 머뭇거리다가 대답했어요.

"아직은 아닌 것 같아요. 바이올린을 한번 켜기 시작하면 못 멈출 것 같거든요."

"그래, 언제든 자제력이 생기면 말하렴. 일요일에 1시간쯤은 바이올린을 연주할 수 있게 해 줄게."

플리더는 벽장 쪽을 바라보았어요. 벽장 안에 든 바이올린이 눈앞에 생생하게 보이는 것 같았어요.

하지만 일단 꾹 참기로 했어요.

부활절 전날, 대학 교수인 외삼촌이 집으로 찾아왔어요. 아이들은 함께 거실로 나와 인사했어요. 외삼촌은 크리켓 장난감을 선물로 가져와 아이들에게 놀이 방법을 알려 주었어요. 아이들은 다들 놀이에 푹 빠져들었어요.

그때 패플링 부인이 들어와 말했어요.

"얘들아, 부엌에 장작이 떨어져 발부르크 아줌마가 곤란해하는구나."

그 순간 빌헬름과 오토가 벌떡 일어나 장작을 가져오겠다며 밖으로 나갔어요. 패플링 부인이 다시 말했어요.

"참, 아버지 편지는 누가 부쳤니?"

그러자 플리더와 엘제가 재빨리 일어나 편지를 들

고 나갔어요.

외삼촌은 그런 아이들을 흐뭇한 눈으로 바라보았어요. 그러고는 패플링 부인에게 조용히 말했어요.

"아이들이 정말 착하구나. 놀이를 하다가도 아무 불평 없이 자기가 해야 할 일을 하러 가다니."

사흘이 지난 후 외삼촌이 다시 말했어요.

"아이들 중 하나를 데려가려고 왔는데 생각이 바뀌었다. 아무도 데려가지 않을 거야. 아이들에게 이보다 더 좋은 환경은 없을 것 같구나."

패플링 부인은 빙그레 웃으며 고개를 끄덕였어요.

외삼촌이 떠나고 며칠이 지난 어느 날, 갑자기 패플링 씨가 쿵쿵거리며 이층으로 올라왔어요. 뭔가 큰일이 난 것만 같았어요.

"여보, 어디 있소?"

앞치마를 두른 패플링 부인이 부엌에서 얼굴을 내

밀었어요.

“왜 그러세요? 무슨 일이라도 생겼어요?”

“드디어 내가 말슈타트의 음악 학교 교장이 되었소! 여기 이 편지를 좀 봐요!”

패플링 부인이 편지를 받아 읽어 보았어요.

편지에는 말슈타트의 음악 학교 이사회에서 건물이 완성될 때까지 임시로 다른 건물을 빌려서 음악 학교를 열기로 했다고 쓰여 있었어요. 그리고 패플링 씨를 교장으로 임명한다는 내용도 쓰여 있었어요.

“축하해요, 여보!”

패플링 부인의 눈에 눈물이 고였어요. 패플링 부인의 목소리를 듣고 아이들이 몰려들었어요.

“아버지가 정말 교장 선생님이 된 거예요?”

“교장 선생님, 축하합니다!”

아이들은 패플링 부부를 둘러싸고 펄펄 뛰며 기

빼했어요. 그런데 플리더가 보이지 않았어요.

여기저기 찾다가 음악실 문을 열어 보니 플리더가 벽장 앞에 혼자 서 있었어요.

"플리더, 여기서 뭐 하니?"

패플링 씨가 물었어요.

"아버지, 내일 일요일이니까 바이올린을 꺼내 주세요. 이제는 연주하다가 언제든 멈출 수 있을 것 같아요. 그동안 과자를 먹을 때나, 밥을 먹을 때 더 먹고 싶은데도 참을 수 있는지 계속 연습했거든요. 이제는 연주하다가 그만둘 자신 있어요."

플리더의 목소리는 진지했어요. 패플링 씨가 웃으며 말했어요.

"내일까지 기다릴 것 없이 당장 꺼내 주마. 오늘은 기쁜 날이니까."

패플링 씨는 벽장에서 바이올린을 꺼내 플리더에

게 주었어요.

“아빠가 교장 선생님이 되셨대!”

엘제가 뛰어 들어와 플리더에게 말했어요.

“정말? 와, 만세!”

플리더가 바이올린을 높이 치켜들고 소리쳤어요.

“제가 멋진 축하곡을 연주할게요!”

“그래, 신나게 연주해 봐라.”

플리더가 바이올린을 연주하자 가족이 전부 음악실로 들어왔어요. 발부르크 아줌마도 뒤따라 들어왔어요. 다들 행복하고 즐거운 표정이었어요. 이윽고 음악실 안에 패플링 가족의 아름다운 노랫소리가 울려 퍼졌어요.♣

행복을 꽃피우는 따뜻한 가족 이야기

《사랑의 가족》을 쓴 아그네스 자퍼는 1852년 독일의 뮌헨에서 태어났어요. 정치가이자 변호사인 아버지 밑에서 평온한 어린 시절을 보냈지요. 자퍼는 23세에 결혼하여 다섯 명의 아이를 낳아 키웠어요. 남편은 법원 공증인이자 블라우보이렌 시의 시장이었어요. 자퍼가 잡지에 글을 발표하기 시작한 것은 서른 살 무렵인 1882년부터예요. 남편의 응원과 격려가 글을 쓰게 된 계기였지요. 그러다가 1898년 남편이 세상을 떠나고 나서 본격적으로 작가의 길을 걷기 시작했어요.

자퍼의 대표작은 《사랑의 가족》이에요. 원래 제목은 《패플링 가족》인데 우리나라에서는 《사랑의 가족》이란 제목으로 널리 알려져 있어요. 이 책은 가난한 음악 학교 선생님인 패플링 씨와 그의 부인, 일곱 명의 아이들이 등장하는 이야기예요. 가구를 만드는 목수 할트비히 씨 집의 2층에 세 들어 사는 패플링 가족은 늘 생활비가 모자라 쩔쩔매요. 딸의 병원비도 못 내고, 새 학기에 학용품이나 참고서도 사지 못할 정도로 가난하지요. 하지만 패플링 가족은 아무리 힘들어도 짜증 내거나 불평하지 않아요. 가난 속에서도 서로 조금씩 양보하고 나누며 소소한 행복을 만들어 가요. 이 가족의 중심에는 정직하고 자상한 패플링 씨와 사랑이 넘치는 패플링 부인이 있어요. 아버지와 어머니가 늘 바른 마음으로 아이들을 돌보고 가르친 덕분에 아이들 또한 밝고 씩씩하게 자라나지요.

아그네스 자퍼

자퍼가 작가로서 유명해진 것은 《사랑의 가족》을 발표한 이후예요. 1907년에 발표한 이 책의 초판은 무려 수십만 부나 팔렸다고 해요. 《사랑의 가족》은 지금도 독일에서 가장 유명한 가정 동화로 평가되고 있어요.

작가 연보

아그네스 자퍼

1852 4월 12일 독일 뮌헨에서 태어남

1875 에두아르트 자퍼와 결혼함

1894 《1학년 시절》을 출간함

1901 《그레첸 라인발트의 마지막 학년》을 출간함

1904 《작은 바보》를 출간함

1906 《사랑의 가족》을 출간함

1913 《엄마와 딸》을 출간함

1914 《튀링겐 숲에서》을 출간함

1915 《아버지 없는 아이》를 출간함

1924 《릴리, 엄마 없는 아이의 삶에 관한 이야기》를 출간함

1929 3월 19일 뷔르츠부르크에서 77세의 나이로 세상을 떠남

왜 세계 명작을 읽을까요?

◆ 시대와 사람을 뛰어넘는 가치가 있기 때문이에요.

세계 여러 나라 작가들의 훌륭한 작품을 뜻하는 세계 명작에는 세상을 살면서 배우는 다양한 가치와 교훈이 담겨 있어요. 다양한 삶의 모습을 담고 있기 때문에 시간이 한참 지난 뒤에 읽어도 사람들에게 여전히 감동을 주지요.

세계 명작 속 다양한 이야기들을 읽으며 어떤 것이 옳고 그른지 배우고, 보편적이고 다양한 가치들을 배울 수 있답니다.

◆ 다양성을 배울 수 있기 때문이에요.

훌륭한 작가들이 자기 생각을 담아 쓴 세계 명작은 다양한 나라의 이야기를 다루고 있어요. 책 속에는 그 나라의 문화와 역사, 생활 모습이나 그 시대의 모습이 잘 드러나 있지요. 그래서 당시 사람들이 어떤 것을 가장 중요하게 생각했는지, 어떤 마음을 가지고 있었는지 알 수 있답니다.

세계 명작을 읽으며 다양한 나라와 시대에 대해 배울 수 있어요.

◆ 상상력과 창의력을 키울 수 있기 때문이에요.

세계 명작은 올바른 가치관을 가지는 데 도움을 주어요. 내가 세계 명작 속 주인공이라면 어떻게 행동했을지 상상하며 상상력과 창의력을 기를 수 있지요. 앞으로 어떤 마음으로 생활하는 것이 좋을지 스스로 생각할 기회도 가질 수 있답니다.

또 세계 명작을 읽은 뒤 느낀 점들을 정리하며, 당시와 지금이 어떻게 다르고 어떤 점이 같은지 비교하고 생각하는 힘을 키울 수 있어요.

올바른 독서 방법

독서란 글을 읽는 것을 말해요. 글을 읽는 것은 글자를 읽어 내용을 이해하는 것뿐만 아니라 글쓴이와 간접적으로 만나 대화하는 것과 같아요. 책에는 글쓴이의 지식, 경험, 생각, 느낌 등이 숨어 있기 때문이에요.

지금 여러분이 읽는 세계 명작은 상상력을 바탕으로 쓴 소설이에요. 소설 속에는 등장인물과 사건이 있고, 이를 통해 읽는 사람에게 감동과 교훈을 전달해요. 독자는 등장인물의 삶을 통해 인간의 다양한 모습과 생각을 이해하고, 내가 가진 지식이나 경험, 생각과 비교할 수도 있어요.

올바른 독서 과정은 글을 읽기 전, 읽는 중, 읽은 후로 구분해요. 모든 읽기 과정이 중요하지만 특히 책을 읽은 후에 하는 활동은 논리력과 표현력을 높이는 데에 반드시 필요해요. 그래서 독서 기록장이나 독서 카드 등을 만들면 좋답니다. 글을 쓰는 것이 어렵다면 그림을 그려도 괜찮아요.

책을 읽은 후 꾸준히 기록하다 보면 자신의 독서 태도나 독서량을 자연스럽게 알 수 있기 때문에 올바른 읽기 습관을 기르는 데에 효과적이랍니다.

독서 과정	독자의 역할
읽기 전	• 제목이나 차례를 보고 내용 상상하기 • 표지와 본문의 글, 그림 등을 보며 내용 예측하기 • 공책에 궁금한 점 적기
읽는 중	• 글의 내용이나 장면을 머릿속에 떠올리기 • 글 속에 숨어 있는 내용이나 글쓴이의 생각 파악하기 • 인상적인 표현과 중요한 내용에 밑줄을 긋거나 따로 표시하기 • 읽기 전에 궁금했던 내용 확인하기
읽은 후	• 줄거리를 요약하고 주제 파악하기 • 글에 대한 자신의 생각 정리하기 • 등장인물이 되어 상상하기

더 생각해 보기

1. 패플링 씨는 플리더에게 정해진 시간 동안에만 악기를 연주하도록 규칙을 정했어요. 패플링 씨가 왜 그런 규칙을 정했는지 여러분의 생각을 써 보세요.

도움말 패플링 씨는 아코디언과 바이올린 등 한번 악기를 잡으면, 시간이 가는 줄도 모르고 계속 연주하는 플리더를 걱정했어요.

2. 오토는 엉뚱하게 크리스마스트리를 배달하게 된 플리더를 도와야 했지만, 친구들과 마주치자 창피해서 도망쳤어요. 여러분이라면 어떻게 행동했을지, 그 이유와 함께 써 보세요.

도움말

패플링 씨는 오토에게 남자답지 못하고 비겁하다고 야단쳤어요. 오토는 자신의 잘못을 뉘우치고 스스로 친구들 앞에서 크리스마스트리를 배달했지요.

독서 기록장

도서명		글쓴이	
인상 깊은 구절·장면			
줄거리			

느낀 점	

여러분이 만약 패플링 씨네 자녀 중 한 명이라면 몇 째일지, 어떤 성격일지 등을 자유롭게 상상해서 써 보세요.

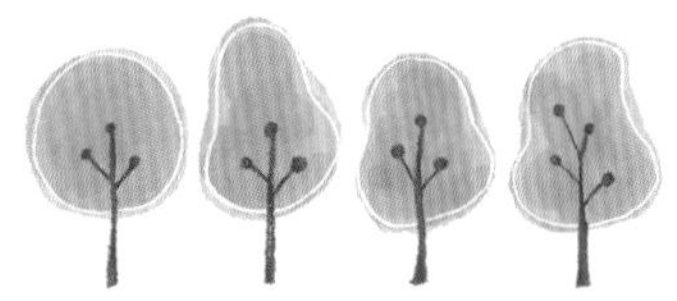

이야기 속 한 사람에게 편지를 써 보세요.

(패플링 씨, 패플링 부인, 칼, 빌헬름, 오토, 마리, 안네, 플리더, 엘제 등)

TO.

FROM.

글 **양태석**
서울예술대학에서 문학을 공부했고, 1991년 월간 〈문학정신〉에 단편소설이 당선되었습니다. 잡지사와 출판사에서 일했고, 지금은 소설과 동화를 쓰고 있습니다. 쓴 책으로는 소설집 《다락방》과 동화집 《아빠의 수첩》, 《사랑의 힘 운동본부》, 《책으로 집을 지은 악어》 등 30여 권이 있습니다.

그림 **조성경**
일러스트레이션을 전공했으며 캐릭터 디자인, 웹툰, 이모티콘 등 다양한 분야에서 활동 중입니다. 주요 작품으로는 카카오톡 이모티콘 '판다! 두부의 생활 일기', '스마일 재스민'이 있으며, 그린 책으로는 「내가 만드는 팝업북」 시리즈, 「미니미니 만들기」 시리즈 등이 있습니다.

2024년 11월 25일 1판 1쇄 발행

원작 **아그네스 자퍼**
글 **양태석** | 그림 **조성경**
펴낸이 **문제천** | 펴낸곳 ㈜**은하수미디어**
편집진행 **문미라** | 편집 **방기은** | 편집 지원 **김혜영**
디자인 **정수연** | 디자인 지원 **김지언** | 제작책임 **문제천**
주소 **서울시 송파구 송이로32길 18, 405 (문정동, 4층)**
대표전화 (02)449-2701 | 팩스 (02)404-8768 | 편집부 (02)3402-1386
출판등록 **제22-590호**(2000. 7. 10.)

주의! 종이가 날카로워 손을 베일 수 있으므로 주의하십시오.
파본은 구입처에서 교환해 드립니다. 사용 중 발생한 파손은 교환 대상에 해당되지 않습니다.

* 사진 출처 ⓒ shutterstock / ⓒ wikimedia commons